KB264659

꿈꾸는 돌
45

유자는 없어

김지현 장편소설

2026년 1월 5일 초판 1쇄 발행
2026년 2월 12일 초판 2쇄 발행

펴낸이 한철희 | 펴낸곳 돌베개 | 등록 1979년 8월 25일 제406-2003-000018호
주소 (10881) 경기도 파주시 회동길 77-20 (문발동)
전화 (031) 955-5020 | 팩스 (031) 955-5050
홈페이지 www.dolbegae.co.kr | 전자우편 book@dolbegae.co.kr
블로그 blog.naver.com/imdol79 | 트위터 @Dolbegae79 | 페이스북 /dolbegae

편집 강정윤
표지 디자인 김민해 | 본문 디자인 김민해·이연경
마케팅 고운성·김영수·정지연 | 제작·관리 윤국중·이수민·한누리
인쇄·제본 상지사 P&B

ISBN 979-11-94442-55-4 (44810)
ISBN 978-89-7199-432-0 (세트)

김지현 장편소설

돌베개

차례

유리의 도시

1

하차장으로 버스가 들어섰다.

대합실 의자에 앉아 있던 사람들이 주섬주섬 짐을 챙겨 일어나기 시작했다. 서울 ⇔ 거제. 나는 표지판 아래쪽으로 가서 섰다.

버스에서 내리는 사람들의 표정만 봐도 알 수 있다. 들뜬 얼굴로 주로 일행과 함께 내리는 사람들은 이 도시에 놀러 온 관광객. 버스 안에서 한숨 푹 잔 게 분명한, 부스스 피곤한 기색으로 혼자 내리는 사람들은 이 도시에 더 궁금한 것이 없는 현지인.

언니는 어떤 표정이려나, 궁금해하며 버스에서 나오는 사람들을 지켜보고 있는데 거의 끝자락이 되어서야 언니가 내렸다. 부랴부랴 짐을 들고 내리는 언니는 잔뜩 인상을 쓴 채였다. 나는 얼른 가서 가방 하나를 받아 들었다. 안에는 패딩 점퍼와

두꺼운 옷가지가 꾹꾹 눌러 담겨 있었다.

"와, 습기 미쳤다."

언니가 혀를 내두르며 말했다.

"비 안 왔는데?"

"바다 있어서 그렇지 뭐. 내리자마자 온몸이 끈적해지는 기분인데."

언니가 땀이라도 닦는 듯 자기 목덜미를 매만졌다. 그냥 기분 탓 아냐? 묻고 싶었지만 대꾸하지 않았다. 언니와 나는 시외버스 터미널을 빠져나와 택시 승강장에 섰다.

터미널 한쪽 벽면을 차지하는 대형 관광 지도 앞에 모인 사람들이 눈에 들어왔다. 다들 여행용 캐리어를 하나씩 옆에 낀 채였다. 시외버스를 타고 온 건가? 차 없이 대중교통으로만 다니긴 힘들 텐데. 저 지도에 나와 있는 곳 중에 지금은 없어진 데도 있는데……. 뭐, 쓸데없는 걱정이었다. 알아서들 하겠지. 다들 폰에 지도 앱은 있을 테니까.

"저 사람들도 여행 마지막 날쯤에 우리 가게 오겠지?"

언니의 시선도 관광 지도 앞 무리를 향해 있었다.

"오든가 말든가."

내 대답이 마음에 안 들었는지 언니가 작게 으이구, 했다. 그사이 도착한 택시에 올라탔다. 택시는 성냥갑을 닮은 아파트와 상가 건물이 모여 있는 도심을 빠르게 지나쳤다.

"난 저기 볼 때마다 신기하다. 원래는 다 바다였는데."

언니가 바다 매립지 위로 지어진 아파트 단지를 내다보며 말했다. 난 어려서 모르겠지만 언니의 기억 속에는 매립 전 바다의 모습이 아직도 남아 있다고, 여기를 지날 때마다 자랑처럼 하는 말이었다.

"언니 룸메이트 얘기한 적 있제?"

"어."

"걔가 대구에서 왔거든. 저번에 같이 바다에 놀러 갔는데 진짜 좋아하더라. 사진 계속 찍고."

중학교 사회 시간에 배운 단편적인 정보들이 떠올랐다. 섬유 산업과 사과가 유명한 분지 도시. 그것 말고는 아는 것도, 딱히 떠오르는 것도 없었다. 내 친구 중에 대구에서 살다 온 아이가 있었나? 물론 없었다. 여기로 전학을 오는 아이 자체가 흔치 않으니.

"대구면 경북 쪽이잖아. 경북 사투리는 다른가?"

"비슷한데 억양이 좀 다르더라."

"여기선 얼마나 걸리는데?"

"대구? 몰라. 부산보단 머니까 두 시간 정도 되려나?"

대학생인데 그것도 모르다니. 사실 거제와 대구가 물리적으로 얼마나 떨어져 있는지는 별로 중요하지 않다. 내가 가 본 적 없고, 아는 사람이 없는 곳이라면 이미 충분히 멀고 낯선 도시가 되니까.

내가 사는 이 도시도 누군가에겐 그렇게 낯선 곳이기만 하려나. KTX나 비행기로는 올 수 없는 곳이니 더더욱 멀게 느껴지겠지.

이런저런 생각을 하는 사이 우리 동네에 도착했다. 도착하고 나서야 택시를 타고 오는 내내 창문 밖 바다를 한 번도 눈여겨보지 않았다는 사실을 깨달았다.

"대구면 거기잖아. 그, 에이세븐 막내. 개가 대구 출신일걸?"

"니 아직도 개네 좋아하나?"

"아니. 그냥 그렇다고. 알고 있는 걸 모른다고 할 수는 없잖아."

수영이 투덜거렸다.

수영은 에이세븐 말고도 여러 아이돌의 소식에 빠삭하고 응원하던 그룹이 많았다. 뭔가를 좋아하는 일도 에너지를 쏟아야 해서 귀찮다고, 중학교만 졸업하면 이 짓도 끝이라고 비장하게 말해 놓고선 여전히 관심사가 생기면 인터넷을 뒤지느라 바빠 보였다. 어딘가에 꾸준히 애정을 쏟은 경험이 없는 나는 그런 수영이 가끔 신기했다.

수영과 나는 다른 점이 많지만 가장 중요한 사실 하나가 일치했다. 이 도시에서 태어나 줄곧 살았다는 것. 서로의 집까지 걸어서 10분도 걸리지 않는 가까운 거리에 살면서 한 유치원, 초등학교 그리고 중학교까지 다녔지만 결국 고등학교는 다른 곳으로 배정되었다. 나는 학교까지 버스를 두 개 갈아타고 가

야 하는데, 수영은 나보다 통학 거리가 훨씬 짧은데도 학교에
영 마음을 붙이지 못했다.

"일요일도 다 갔네. 진짜 지겹지 않나? 일주일이 무한 반복."

수영이 지긋지긋하단 얼굴로 말했다.

"그럼 좋아하는 요일을 만들어 봐 봐."

"그딴 거 없는데. 유자 닌 있나?"

"요즘에 11번에서 하는 월화 드라마 재밌던데. 그거 때문에
월요일이 조금 용서가 된다."

"거기 유민 나오지 않나? 배우로 전향하면서 이름도 바꿨더
만."

"왜? 예명 잘 어울리고 좋았는데."

"이미지 바꾸려고 그랬겠지. 이름 하나 바꾼 건데 다른 사람
같긴 하더라."

휴대폰으로 유민을 검색해 보았다. 이전에 가수로 활동할
때는 화려한 스타일링을 자주 했는데, 포털에 뜨는 프로필 사
진에선 검은색 폴라 티를 입고 있어서 그런지 훨씬 차분해 보
였다.

"그만 가자."

수영이 먼저 자리를 털고 일어섰다.

어둑해진 골목을 걷는 동안 수영은 한마디도 하지 않았다.
머릿속에선 이미 월요일이 되어 학교 교실 안에 앉아 있는 건
지도 몰랐다. 나도 내일 1교시에 제출해야 하는 과제를 생각하

니 한숨이 절로 나왔다.

"유자 너희 언니야는 며칠 더 있다 올라가나?"

"응. 다음 주는 화요일까지 공강인가? 그거래."

"대학생은 좋겠다."

"맞제. 시간표도 마음대로 짤 수 있고."

"언니야한테 안부 전해 줘."

"응."

말 나온 김에 보고 갈래? 우리 집에서 저녁도 먹고 가든지. 그렇게 묻기도 전에 수영은 피곤한 얼굴로 뒤돌아 가 버렸다. 나는 수영이 힘없이 걸어가는 뒷모습을 조금 지켜보다 집으로 왔다.

저녁을 먹고 방으로 돌아오니 단톡방에 새 메시지가 잔뜩 쌓여 있었다.

민아	유자 유자
민아	인스타 보는데 지역 맛집이라면서 너네 가게 뜨더라
민아	대박 신기!!
지혜	오오
지혜	유자 부모님한테 얼른 보여 드려라 ㅋㅋ 좋아하실 듯

나는 대답 대신 다람쥐가 폴짝폴짝 뛰는 이모티콘을 보냈다. 민아가 SNS 화면을 캡처해 보낸 사진을 눌러 보려다 말았

다. 어떤 사진에 어떤 문구가 있을지 이미 알 것 같았다.

화면 속 대화를 가만히 보기만 했다. 맞아, 하고 적당히 맞장구치면 그뿐인데 아무 말도 하고 싶지 않았다.

그때 방문이 벌컥 열렸다. 언니였다.

"깜짝이야. 노크 좀 하라니까."

"노크 같은 소리 하네. 내려가서 카운터 좀 봐라."

"아까 문 닫는다매?"

"그러려고 했는데 손님이 들어오잖아. 막손님인데 받아야지."

엄마랑 아빠는 저녁을 먹자마자 언니에게 가게를 맡기고 마트에 장을 보러 나섰다. 언니가 진동이 울리는 자기 폰을 들어 보였다. 화면에 뜬 두 글자, 남친. 우웩! 울렁거리는 속을 붙잡고 1층 가게로 내려갔다.

언니가 말한 오늘의 마지막 손님은 우리 언니 또래로 보이는 여자였다. 편한 옷차림에, 짐은 크지 않은 배낭이 전부였다. 당일치기 여행을 온 사람일까. 속으로 이런저런 추측을 하면서 계산을 마쳤다. 손님은 우리 가게의 메인인 유자 빵 여덟 개 세트에 다른 빵들을 더해 총 이만 팔천 원을 결제했다.

"저 여기 유자 빵 사려고 엄청 멀리서 왔어요."

손님이 쑥스러워하며 말했다. 어디서 오셨는데요? 여행 오신 거예요? 바람의 언덕은 가 보셨어요? 언니라면 손님 말에 넉살 좋게 대꾸했겠지만 나는 진심으로 궁금하지도 않은 말을 굳이 묻고 싶지 않았다. 마지막 손님을 얼른 보내고 오늘 영업을 마감하고 싶은 마음뿐이다.

"고맙습니다. 맛있게 드세요."

혹시나 유자 빵이 기대에 못 미치더라도 블로그에 악평은 쓰지 말아 주세요. 하지도 못할 말이 머릿속에서 맴돌았다.

"빵 사진 찍어도 돼요?"

"아아. 네."

손님은 신난 표정으로 얼마 남지 않은 빵들을 찍었다. 매장 소품인 유자 모양 캔들을 마지막으로 찍고 나서야 가게를 나섰다.

언니는 정말 이대로 안 내려올 작정인가. 나한테 가게 마감까지 떠넘긴 거 아니냐고. 투덜거리면서 클로즈드 팻말을 걸고 있는데 유리창 밖으로 버스 정류장에 서 있는 손님의 모습이 보였다. 손님은 자기 휴대폰과 정류장 표지판을 몇 번이나 번갈아 보았다. 익숙한 상황이다.

나는 가게를 나서 정류장으로 향했다.

"터미널 가시는 거 맞죠?"

"네! 네!"

손님이 목소리 높여 대답했다. 구세주라도 만난 듯한 표정이었다.

"저기 반대편 정류장에서 타야 해요."

"아아. 안 그래도 여기 앱에는 조금 헷갈리게 나와서. 긴가민가하고 있었어요."

근데 고등학생 맞죠? 세상에, 너무 친절하다. 낮에 간 식당 주인은 그릇도 툭툭 놓고 너무 불친절했거든요. 혼자 왔다고 하니까 인상을 팍 쓰는 거 있죠. 짧은 건널목을 건너 맞은편 정류장으로 함께 걸어가는 내내 손님이 쉴 새 없이 떠들었다.

혼자 여행하는 동안 말동무가 필요했던 건가. 그런 생각을 하고 있는데 내 속을 들여다보기라도 한 양 손님이 씩 웃으며 말했다.

"되게 신기하네. 나 원래 이렇게 수다스러운 성격이 아닌데."

"……."

"여기 여행 온 이틀 동안 혼잣말 엄청 많이 하면서 다녔어요. 오, 대박, 좋다, 이러면서. 여기는 아는 사람이 1명도 없으니까 내 마음대로 해도 될 것 같은 기분 있죠. 아, 그렇다고 남한테 민폐 되는 짓을 했다는 건 아니고, 그냥 자유로워서 좋았어요."

손님의 얼굴 위로 불빛이 비쳤다. 버스가 가까워지고 있었다.

"덕분에 고마워요."

"네. 안녕히 가세요."

빵이 가득 담긴 봉지를 품에 안은 손님이 버스에 올라탔다. 창가 자리에 앉은 손님은 나에게 손까지 흔들어 보였다. 나도 작게나마 손을 흔들어 응답했다. 아마도 두 번 다시 만날 일이 없을 누군가에게 저렇게 친근하게 대할 수 있는 이유를, 나는 충분히 알 것 같았다. 괜스레 말수가 많아져 이것저것 떠들고 싶은 마음도. 여행객 특유의 기분 좋은 들뜸. 멀리서 이 도시를, 우리 빵집을 찾은 사람들에게서 자주 발견할 수 있는 것들이니까.

아마 나는 그 기분을 영영 알 수 없겠지. 넓고 새로운 도시를 마음껏 누비는 것. 나중에 어른이 되어서도 그건 나에게 아주 어려운 일일 테니. 그런 익숙한 예감을 하면서 멀어지는 버스를 바라보았다.

2

교문을 들어서자마자 피로가 밀려들었다.

아침에 눈을 뜨고 나서 한 일이란 씻고 등교 준비를 한 다음 집에서 학교까지 온 것뿐인데 이미 하루 에너지의 3분의 1은 소비한 느낌이다. 이 짓을 앞으로 3년이나 해야 하다니.

"유자!"

뒤를 돌아보니 같은 반 아이가 웃으며 달려왔다.

어떻게 입학 일주일 만에 지각을 세 번이나 하냐고, 통학 거리가 얼마나 되냐는 담임의 물음에 해맑게 웃으며 학교 앞 아파트 단지에 산다고 답하던 게 이 아이의 첫인상이었다.

"오늘은 지각 안 했네."

"응. 내가 시험해 봤거든? 50분에 나오면 정각 전에 교문 통과할 수 있고, 한 53분만 돼도 아슬아슬하다."

집에서 학교까지 걸어서 10분이면 올 수 있다는 얘기였다.

고등학교에선 시간이 금일 텐데. 내가 아침마다 버스 두 대를 갈아타고 오는 동안 누군가는 30분은 더 자고, 문제집을 몇 장은 더 풀겠지. 오늘도 그 생각에 억울해서 버스를 타고 오는 내내 창밖 한 번 보지 않고 태블릿 속 인강에만 집중했다.

"좋겠다. 난 통학 시간이 너무 아까운데."

"근데 봐서 알잖아. 근처 살면 더 지각한다. 내 이러다 수능 때도 지각하는 거 아니가?"

본관으로 들어서니 1학년 복도가 길게 이어졌다. 그런데도 학급이 많아 같은 학년 교실을 한 층에 다 넣을 수 없어 두 개 층으로 나눴다는 게 놀라웠다.

복도를 지나면서 맞은편에서 걸어오는 아이들의 얼굴을 하나하나 관찰했다. 어쩌다 시선이 마주쳐도 눈을 피하지 않았다. 친해지거나 잘 보이고 싶은 마음은 없지만 가능한 한 많은 얼굴을 익히려는 이유는 하나였다. 교내 특별실 위치나 중학교보다 5분 길어진 수업 시간 같은 건 이제 웬만큼 적응했지만 여전히 이해하기 어려운 사실이 하나 있었다. 이 학교에선 어떻게 매일 새로운 얼굴들이 나타날 수 있는 거지?

"아직도 처음 보는 애들이 있네."

혼잣말하듯 불쑥 튀어나온 말이었다.

"응? 당연하지. 전교생이 몇 명인데."

그러게. 내가 이상한 소리를 했구나. 우리는 교실에 도착해서 각자의 자리로 가 앉았다. 방금 교실까지 걸어오며 마주친 얼굴들이 잔상처럼 맴돌았다. 긴긴 복도와 웅성거리던 소음도 함께.

순간 떠올랐다. 건조한 늦겨울 공기 가득하던 입학식. 같은 교복, 비슷한 표정을 하고선 강당 가득 빽빽하게 서 있던 행렬. 무심코 올려다본 격자무늬 천장이 갑자기 쑥 내려앉을 것 같은 느낌.

삐, 하는 이명이 시작됐다. 얼른 일어나 창가로 갔다. 창문 밖으로 머리를 내밀고 속으로 되뇌었다. 내가 방금 괜한 상상을 한 거고, 지금 여긴 우리 교실이다. 내가 매일같이 앉아서 긴 시간을 보내는, 좋든 싫든 1년을 지내야 하는 우리 반 교실.

바깥 공기를 들이마시니 호흡이 점차 돌아왔다. 뒤에서 인기척이 느껴졌다.

"내 자린데."

"아아, 미안."

내가 뒷걸음질 치자 창가 자리 주인이 의자를 당겨 앉았다. 그 애는 가방을 풀면서도 귀에 있는 이어폰을 빼지 않았다.

아직 대화를 제대로 나눠 본 적 없지만 같은 중학교 출신 아이들이 전학생이라고 부르는 걸 들은 적 있다. 전학은 중학생 때 일인데 고등학교에서도 계속 전학생으로 불리다니. 그만큼 여기선 전학생이 드물다는 뜻일 거다.

3교시는 수학이었다. 선생님이 나가자마자 부반장이 문제집을 들고 찾아왔다.

"지안아. 이거 풀이 좀 알려 줄 수 있어?"

내가 대답하기도 전에 책상 위로 수학 문제집과 연습장이 펼쳐졌다. 중학교에서부터 자주 있는 일이다. 나는 풀이를 시작했다.

다행히 지난겨울에 학원에서 고등학교 과정 대비를 하면서 풀어 본 적 있는 문제였다. 내 설명을 듣던 부반장의 눈이 서서히 커졌다.

"좀 알 거 같아."

"그래. 이따가 처음부터 다시 풀어 봐 봐."

"땡큐! 오늘 마치고 잠깐 보기로 한 거 안 잊었지?"

"어. 2반이라고 했나?"

부반장이 고개를 끄덕이며 내 책상 위에 '마이쮸'를 올려놓았다. 나는 바로 포장을 까서 '마이쮸'를 입안에 넣었다. 새콤한 레몬 맛이 퍼졌다.

급식을 먹고 나서 우리 반 아이들과 운동장을 걸었다. 지혜와 민아와는 예비 소집일에 옆자리에 앉았다가 자연스레 친해졌다. 셋이서 다니니 상대의 말에 내가 일일이 반응하지 않아도 다른 한 사람이 대화를 채워 준다는 점이 편하고 좋았다.

맞은편에서 걸어오던 여자애들이 손을 흔들었다.

"우리한테 인사하는 건가?"

"쟤 유자 친구잖아."

나와 같은 중학교를 나온 승주와 그 애의 친구가 점점 가까워졌다. 승주와 팔짱을 낀 아이는 눈인사인 듯 아닌 듯, 나를 보며 어정쩡하게 미소 짓고는 우리를 지나쳤다.

우리 중학교에서 승주와 나 둘만 이 고등학교에 배정되었다. 반은 갈라졌지만 입학하고 처음 며칠은 서로를 기다렸다가 같이 버스를 타고 하교했다. 그러다 하루는 승주가 교내 동아리 면접을 보느라, 다른 날엔 내가 우리 반 아이들과 시내에 나가는 약속이 생겨서. 그렇게 몇 번 엇갈린 후로는 자연스레 따로 하교하게 되었다.

종례가 먼저 끝나면 복도에서 날 기다리고 있던 승주가 보이질 않자 민아가 눈을 동그랗게 뜨고 "3반 걔랑 싸웠어?" 하고 물었다. 고작 집에 같이 가지 않는 걸로도 싸웠다고 생각할 수 있다니, 민아의 반응이 더 놀라웠다. 나는 중학교 3년 동안 친구와 다퉈 본 적 없었다. 나뿐만 아니라 다른 아이들도 그랬다. 그냥 조금 참으면 되는데, 못 참고 불쑥 분란을 일으켰다가 전교생을 불편하게 만드는 건 어리석은 일이다.

하루는 체육복을 빌리러 우리 교실에 온 승주가 나에게 '유자'라고 하는 걸 보고 고등학교에서 처음 만난 친구들도 나를 유자라고 부르기 시작했다. 만약 초, 중학교 내내 불려 온 별명을 숨겼다면 고등학교에선 유자가 아니라 유지안으로 살 수 있었으려나?

아마 아닐 거다. 유씨 성에, 유자 빵집 딸을 보면서 별명 짓기에 도가 튼 아이들이 유자를 떠올리지 못할 확률이 얼마나 되려고.

그렇다면 유자 말고도 나에게 따라붙던 다른 수식어 하나는, 과연 고등학교에서도 지킬 수 있을까.

"유자 너네 학원 고현에 있다고 했제?"

"응."

"나도 거기로 옮길까. 우리 동네랑도 가깝고."

"왜? 중곡에도 학원 많잖아."

민아가 묻자 지혜가 눈을 반짝였다.

"유자 전교 1등이었잖아!"

전교 1등. 저 단어만 들으면 등줄기가 쭈뼛 서는 듯하다.

"너희 학원에도 걔 있잖아. 신한중 1등이었던 애, 남고 간 애."

"걔는 우리 학원 말고 다른 것도 많이 한다!"

"근데 걔 남고 왜 갔지? 내신 때문인가?"

둘의 대화는 물 흐르듯 자연스럽게 이어졌다. 근데 걔는 어디 갔더라? 종원중 1등 있잖아, 하는 얘기들 사이 낯선 이름들이 연달아 등장했다. 다른 아이들도 저렇게 내 얘기를 할까? 나를 견제의 대상으로 여기긴 할까?

"암튼 유자 대단하다! 전교 1등이라니. 나는 반에서 1등 한 적도 없는데."

나는 그냥 웃기만 했다. 중학교랑 고등학교 공부는 다르잖

아. 그리고 너희도 우리 중학교에 다녔으면 어렵지 않게 상위권이었을걸. 그렇게 말해 주고 싶었지만 이런 상황에서는 어차피 공감받지 못할 겸손을 떨기보단 멋쩍은 척을 하는 게 낫다.

오후 일과도 지루하기만 했다. 종례가 끝나고 가방을 챙겨 2반 교실로 갔다.

교실 안에는 우리 반 부반장과 얼굴이 눈에 익은 몇 아이들만 남아 있었다. 마주 보도록 대형을 만든 책상에 모여 앉은 아이들이 나를 탐색하듯 빤히 보았다.

"얘가 내가 말한 우리 반 지안이."

"안녕."

나는 비어 있는 끝자리에 앉았다. 맞은편에 넷, 이쪽에는 부반장과 나 둘뿐이라 무슨 면접이라도 보는 듯했다.

학원 버스까지 놓쳐 가며 시간을 낸 것은 부반장의 부탁 때문이었다. 소수 정예 수학 교습소에 등록하는데, 반을 만들려면 인원이 모자라 내가 합류해 주면 좋겠다고 했다. 나랑 같이 공부를 하고 싶다면서. 나는 중학생 때부터 다닌 학원이 익숙하고 편했지만 이렇게 모여 교습소 반을 만드는 무리의 분위기는 어떨지 조금 궁금했다.

아이들이 나에게 일방적으로 질문을 늘어놓았다. 수학 선행 학습을 어디까지 했는지, 목표 대학과 학과는 어디인지 하는 것들. 나와는 이 학교에서 처음 보는 것이니 궁금할 수 있겠지. 그렇게 생각하며 아이들의 질문에 착실하게 답해 주고 있는데 나를 바라보는 표정들이 점차 미묘하게 바뀌기 시작했다. 어느 동네에 사느냐는 질문에 대답한 이후부터였다.

"그럼 학교까지 어떻게 오는데? 한 번에 올 수 있나?"

"아니. 터미널에서 버스 갈아타고."

"대박."

정확히는 '대애박'에 가깝게 들렸다. 1명이 실실 웃으며 "배는 안 타는 게 어디임." 하고 말했다. 나머지 아이들이 참지 못하고 웃음을 터뜨렸다. 부반장이 "이렇게 부지런하니까 전교 1등을 했나 봐." 하면서 변호라도 하듯 끼어들었다.

"우리 시간 다 맞추려면 10시 수업 들어야 하는데. 집엔 어떻게 가? 버스 끊기지 않나?"

"그런 건 알아서 해야지."

가장 끝에 앉은 아이가 말했다. 아까부터 내내 정색하고 있길래 마침 거슬리던 참이었다.

"근데 너희끼리는 다들 아는 사이야?"

내가 물었다. 왜 친해지고 싶지 않은 아이들 앞에서는 어색한 표준어 억양이 튀어나오는 건지.

"응. 우리 다 같은 중학교."

"그럼 너희끼리 반 만들면 되잖아. 나 왜 불렀어?"

"그게, 자리가 딱 하나 남아서."

"그렇구나. 어쨌든 나는 안 할래. 제안해 준 건 땡큐."

곧장 일어나 교실을 나왔다. 뒤통수에 꽂히는 시선이 따가웠다. 수학 교습소 같은 건 애초에 다닐 의향이 없었다. 그런데도 뭔가 울컥 억울했다.

열린 교실 문으로 말소리가 흘러나왔다.

"쟤가 전교 1등이라고?"

"어. 근데 모래중."

"아, 시발. 난 또 뭐라고. 거기 전교생 서른은 되나?"

빈 복도 위로 내 발걸음 소리와 교실 안에서 빈정거리는 목소리가 울렸다. 살면서 한 번도 전교 1등을 못 해 봤을 아이들이 이러쿵저러쿵 떠드는 거야 무시하면 그만이었다. 정말로 자존심 상하는 사실은 따로 있었다. 대도시에 사는 고1 눈에는 저 애들이나 나나 도긴개긴으로 보일 거라는 것. 그 생각에 얼굴이 화끈거렸다.

건물을 빠져나왔다. 운동장을 가로질러 빠르게 걸어가는데 흙냄새와 먼지 냄새가 섞여 들었다. 물기라고는 찾을 수 없는, 바짝 말라 버려 어딘가 쓸쓸하기까지 한 냄새.

며칠 전 언니가 터미널에 내리자마자 말했던 습기 머금은 냄새를 문득 알 것 같았다. 그건 매일같이 공기 중으로 들이마실 땐 의식하지 못하다가, 그곳을 떠나야만 감지할 수 있는 냄새인 모양이었다. 중학교 교실. 볕이 좋은 날 온 창문을 활짝 열어 놓고 수업을 듣다 보면 공기를 타고 흘러들던 물 냄새. 바다 냄새. 수영은 해조류 냄새라고 하고, 나는 소금 냄새라고 부르던 그 냄새.

한 학년 정원이 30명뿐인 우리 중학교에선 배를 타고 통학하진 않지만 교실에서 바다 냄새도 맡을 수 있었거든. 그렇게 말하면 다들 어떤 반응을 보일까. 시골 동네에 사는 나와 도심에 있는 학교를 다닌 자신들이 크게 다르다고 여기고 있을 그 애들이 지을 표정이 어렵지 않게 그려졌다.

입학 한 달째. 도무지 익숙해지지 않는 쿰쿰한 흙냄새를 맡으며 걷고 또 걸었다.

학원 수업이 끝나고 동네 어귀에서 수영을 만났다. 수영이 나를 보자마자 말했다.

"유자 니도 봤제? 순댕이 살던 집에 불 켜진 거."

순댕이는 우리 동네에 살던 강아지다. 몇 년 전 주인 할머니가 돌아가시고 순댕이는 다른 가족들을 따라 도심인 장평으로 가게 되었다. 그렇게 순댕이까지 떠난 후로 내내 비어 있던 집에 갑자기 인적이 생겼다고, 며칠 전 우리 엄마도 했던 얘기였다.

"장평 사는 가족들 왔다 가신 거 아니가? 종종 와서 빈집 청소도 하고, 머물다 가고 그러잖아."

"아니. 아까 내 눈으로 봤다. 어떤 여자가 그 집에서 개랑 같이 나와서 산책하는 거."

"순댕이가 아니라?"

"순댕이는 하얗잖아. 근데 갈색 강아지에, 완전 처음 보는 여자였다. 젊은 여자."

젊은 여자가 강아지까지 데리고 시골 빈집에 나타날 일이 뭐가 있지? 전학생만큼 이 동네에서 보기 힘든 게 외지인인데.

우리 빵집 방문객들은 인터넷 리뷰에 비슷한 불평을 했다. '유자 빵은 맛있는데 가게 위치가 찾아가기 힘들고 근처에 볼 게 하나도 없네요.'

그만큼 유명한 관광지나 숙소가 없는 우리 동네에 외지인이 길게 머무는 일은 드물었다. 순댕이네 집에 나타난 여자와 개의 인상이 어떤지는 모르지만, 우리 엄마부터 수영의 이목을 끄는 것은 당연했다.

"순댕이 가족이랑 아는 사람인가? 그냥 잠깐 지내러 온 거 아니가?"

접근성도 좋지 않은 작은 동네에 반려동물까지 딸린 젊은 여자가 이사를 올 확률은 낮아 보였다. 어차피 잠깐 지내다가 떠날 사람이라 생각하니 아무리 외지인이라도 나는 별로 호기심이 일어나지 않았다.

"어쨌든 의심스럽다."

"왜? 인상이 어떤데?"

"인상이 문제가 아니라, 강아지를 데리고 왔잖아."

수영이 진지하게 덧붙였다.

"내 끝까지 볼 거다. 강아지 버리고 가는지, 안 가는지."

"에이, 설마."

"인적 사항도 다 파악해 놓을 거다. 어디 사는 누구인지, 전화번호 뭔지."

여름 휴가철이 지나고 나면 지역 유기 동물 센터엔 새로운 아이들이 등장했다. 처음엔 누가 여행까지 와서 키우던 동물을 버리고 갈까, 길을 잃고 실종된 거겠지, 짐작했는데 아이들을 찾아가는 보호자가 없는 것을 보면서 생각이 바뀌었다.

해변의 매끈하고 예쁜 돌멩이는 주워 가면서 머물던 흔적과 쓰레기는 두고 가는 사람들. 함께 살던 생명을 '버리는' 짓도 이해할 수 없지만, 자신의 생활 영역이 아니라는 이유로 자연을 함부로 대하는 사람들도 그만큼이나 싫었다.

우리는 성포항을 향해 걸었다. 물 냄새가 짙어졌다. 수영은 빈 상점 옆에 놓아둔 나무 상자 앞에 쪼그려 앉았다. 그러고는 그릇에 사료를 부으며 조용히 말했다.

"어제는 그런 생각이 들더라. 다음 생에는 나도 귀엽고 성깔 있는 고양이로 태어나서 여기저기 떠돌고 누가 챙겨 주는 밥 실컷 먹고 살면 좋겠다고."

"……."

"진짜 싫지 않나. 길고양이 삶이 얼마나 고단한데 그런 생각이나 하다니."

"그럼 집고양이는?"

"걔들도 나름의 고충이 있겠지. 사실은 이 지구에 태어나는 것 자체가 고통 아니겠냐."

수영은 심오한 얘기를 무심하게 잘만 늘어놓았다. 도대체 뭐라고 대꾸해야 하나, 적당한 말이 떠오르지 않았다. 수영도 내 반응은 별로 궁금하지 않은 듯한 얼굴로 급식소를 마저 정리하고는 사료 봉지를 들고 일어섰다.

"자고 일어나면 또 학교 가야 하네. 진심 귀찮다."

왔던 길을 돌아오며 수영이 말했다. 외지인 얘기를 하면서 보였던 활기는 사라지고 다시 가라앉은 목소리였다.

이렇게 잠깐 동네를 걷고 집으로 돌아가면 수영이 새벽 내내 적막한 방에서 자기만의 상념을 얼마나 깊게 반추할지, 직접 보지 않아도 알 수 있었다. 생각 스위치라는 게 있다면 얼마나 좋을까. 끝없이 이어지는 생각이 지긋지긋할 때, 꿈도 꾸지 않고 달게 자고 싶을 때. 탁, 하고 꺼 버릴 수 있다면 하루가 몇 배는 가벼워질 텐데.

"가리, 유자."

"응. 잘 자."

잘 자라는 말은 단순한 인사말이 아닌 나의 진심이었다. 사료 봉지를 든 채 터덜터덜 걸어가는 뒷모습이 멀어졌다. 생각도 많고, 불만도 많고, 의문도 많고. 그러면서 하고 싶은 것도 그만큼 많은 내 친구 고수영의 뒷모습은 참 쓸쓸해 보였다.

쉬는 시간이 되자 부반장이 과학 문제집을 들고 찾아왔다.

물리 문제였다. 문제에서 말하는 개념은 나도 그냥 머리에 입력하듯 암기하고 넘어간 거라 남이 알아들을 정도로 설명하려니 자꾸만 말이 뚝뚝 끊겼다. 내가 모호한 얘기만 반복하고 있다는 것을 알아챘는지 부반장이 픽 웃었다.

"사실 나도 잘 모르겠어서. 다른 애한테 물어보면 어떤데?"

"그렇구나. 알겠어."

부반장은 별 미련 없이 돌아섰다. 패배 선언이라도 한 듯한 기분이었다. 수학 교습소는 어떻게 결론 났는지 물어볼까 했지만 하지 않는 게 나을 것 같았다. 점차 내가 모르겠다고 하는 문제가 많아지는 걸 보면 부반장도 자기 친구들처럼 생각하지 않을까? 유지안은 전교 1등을 할 만한 실력이 없다고. 순전히 운이었다고.

다음 시간은 체육이었다. 체육부장과 몇 아이들이 나서서 뜀틀 기구를 설치하고 있는데 뒤에서 소란이 일었다.

"선생님! 화단에 고양이 있어요!"

화단 수풀 사이로 검은 고양이가 몸을 웅크린 모습이 보였다. 난간 틈으로 들어온 모양이었다. 다들 몸을 일으켜 고양이를 구경했다. 귀엽다며 웃는 아이들이 반, 저렇게 호들갑을 떨 일인가, 하는 눈으로 보는 아이들이 반이었다.

알아서 나갈 테니 그냥 두라는 선생님의 말과 함께 수업이 시작됐다. 두 줄로 서서 차례로 뜀틀을 넘었다. 슬쩍 화단을 돌아보니 고양이는 그새 어디로 갔는지 보이질 않았다.

순서를 기다리며 서 있는데 누군가 외쳤다.

"어? 위험할 거 같은데!"

언제 저기까지 갔지? 고양이는 다시 빠져나간 게 아니라 운동장 안쪽으로 들어와 있었다. 배구 연습을 하던 2학년 선배들의 시선도 고양이에게 모여들었다. 탕! 하며 공 소리가 나자, 고양이가 몸을 크게 움찔했다.

고양이는 트인 장소를 좋아하지 않을 텐데. 어쩌다 시끄럽고 사람이 많은 학교 안으로 들어와서는 겁에 질려 아무렇게나 달려간 듯했다. 운동장 한가운데서 어쩔 줄 몰라 하는 고양이를 보니 심장이 쿵쿵 뛰었다.

선생님이 다음 차례인 전학생을 보며 말했다.

"거기, 고양이 좀 밖에 놔주고 온나."

전학생은 무표정하게 고양이에게로 갔다. 자신에게 오는 것을 알아챘는지 고양이가 몸을 잔뜩 낮춘 채 화단으로 달렸다. 지켜보던 아이들이 어어, 탄식했다.

고양이를 따라간 전학생이 털을 바짝 세운 채 멈춰선 고양이를 두 손으로 잡아 들었다. 이번에는 오오, 하는 탄성들이 튀어나왔다.

"쟤 고양이 키우나? 제법이네."

고양이를 안은 전학생이 교문으로 향했다.

"으, 난 길고양이 못 만진다."

"왜? 얼마나 귀여운데!"

수군거리는 소리가 이어졌다.

수업 종이 울렸다. 아이들과 본관으로 돌아가면서도 속으로는 딴생각을 했다. 교실 도착하면 수영이한테 문자 보내야지. 체육 수업하는데 운동장에 고양이가 들어왔다고. 근데 고수영이 이런 얘기를 재밌어할까? 아니, 이게 애초에 재밌어할 얘기가 맞나?

상념에 빠져 있는데 민아가 손을 털며 물었다.

"우리도 손 씻고 갈래?"

"체육복 갈아입고 하려면 시간 빠듯한데. 탈의실 옆에 화장실 가자."

"그래. 지혜 말대로 하자."

운동장 한쪽 세면대에 익숙한 얼굴이 보였다. 전학생이 혼자 손을 씻고 있었다. 고작 손을 씻는 건데도 퍽 신중한 얼굴이었다. 우리가 운동장에서 본관으로 향하는 긴 계단을 오를 때까지 전학생은 손 씻기를 끝내지 않았다. 말수 적고, 공부 잘하고, 그러면서 까탈스러운 서울에서 온 전학생. 아이들이 뒤에서 몰래 하던 말들이 떠올랐다.

버스에서 내리자마자 눈을 의심했다. 정류장에 수영이 누군가와 함께 있었다. 낯선 젊은 여자와 갈색 털빛의 강아지. 누구인지 단번에 알아보았다.

"얘가 지안이에요."

수영이 나를 지안이라고 칭하는 건 1년에 몇 번 되지 않는
일이라 소름이 조금 돋았다.

"안녕하세요."

"안녕. 저기 빵집이 너희 집이라며?"

드라마에서나 듣던 억양이었다. 평생 표준어만 써 온 듯한
나긋한 말투.

"순댕이네 장평 아줌마 있잖아. 아줌마랑 친척이래."

아무래도 친척 집이 있는 동네에 개를 유기하진 않겠지. 수
영도 나와 비슷한 결론을 내리고 의심을 거두었는지, 아니면
외지인의 신상을 파악해서인지 한결 너그러운 얼굴이었다.

정류장에서 더 걸어 내려가면 편의점이 있었다. 동네 유일
한 편의점. 자기 이름을 혜현이라고 소개한 장평 아줌마의 친
척인 언니는 우리에게 아이스크림을 사 주었다.

"요즘은 문과, 이과 다 한 반에서 수업 듣는다며?"

수영과 내가 고개를 끄덕였다. 신기하다, 하고 중얼거리더니
혜현 언니가 다시 물었다.

"그럼 야자는? 야간 자율 학습 있잖아."

"신청자만 해요."

이번에는 나만 대답했다.

혜현 언니는 우리에게 요즘에는 교복을 안 입어도 된다고
들었는데 사실인지(어디서 잘못된 정보를 들은 것 같다), 요즘
아이들은 톡을 쓰지 않고 인스타나 페북 디엠으로 얘기하는

게 맞는지(그렇다기엔 나만 해도 인스타를 거의 하지 않는다) 하는 것들을 자꾸 물었다. 주로 SNS에서 주워들은 얘기들 같았다.

"그런 게 왜 궁금해요?"

한참 듣다 궁금해져 물었다. 사투리 억양 때문에 따지는 말로 들렸으려나? 속으로 아차 했는데 막상 혜현 언니는 아무렇지 않은 얼굴로 답했다.

"조카들이 있긴 한데 아직 애기들이거든. 내 주변에 딱 너희 또래 애들이 없어. 그래서 궁금해. 요즘 애들은 어떻게 지내고 무슨 생각을 하는지."

옆에서 강아지 호두와 놀던 수영이 벌떡 일어났다.

"호두 데리고 등대까지만 갔다 와도 돼요? 저 어릴 때 강아지 오래 키웠어요. 산책 잘 시켜요."

"응. 천천히 갔다 와. 여기서 보고 있을게."

혜현 언니가 리드 줄을 내밀었다.

수영과 호두가 방파제로 향하는 모습을 지켜보다가 옆에서 뭔가를 쓰고 있는 언니의 휴대폰 화면으로 시선이 향했다. '고등학교 야자는 신청자만 함', '고딩들 인스타에는 주로 음식 사진 올림'. 조금 전 우리와 나눈 대화들이었다.

저걸 왜 적지? 별 얘기도 아닌데. 언니는 폰을 다시 후드 티 주머니에 집어넣었다. 내가 보고 있었다는 건 눈치채지 못한 얼굴이었다.

"비밀 하나 말해 줄까?"

"비밀이요?"

"수영이 말이야. 오늘 학교 안 갔다?"

"……."

"전에도 이런 일이 있었나 봐?"

"왜요?"

"네가 별로 안 놀라길래."

내가 알기로는 처음이다. 하지만 혜현 언니 말대로 놀랍지가 않았다. 언젠가는 일어날 일이라고 내심 생각했던 걸까.

"수영이가 비밀이라고 한 거예요?"

"응."

"근데 저한테 말해 주면 어떡해요."

"쟤는 나랑 아무 사이 아니니까, 내가 개입 못 할 거 알고 나한테 말한 거야. 근데 누군가는 알고 있어야지."

저 멀리 등대 아래에 선 수영과 호두의 모습이 보였다. 오늘 학교를 가지 않았다는 수영은 아직 교복 차림이었다.

"그래도 날 의식하긴 하는지 학교 이름은 절대 말 안 해 주는 거 있지. 너희 무슨 학교 다녀? 둘이 다른 학교인 건 알아."

"수영이는 효선고 다니고 저는 종원고요."

"너 종원고등학교 다녀?"

혜현 언니의 눈이 커졌다.

"거기 해오름이라고 아직 있니? 교지 편집부."

“어? 맞아요. 어떻게 알아요?”

언니는 아아, 하고 대답을 머뭇거렸다. 혹시 우리 학교를 졸업한 건가? 그렇다면 바로 말했을 테고, 무엇보다 언니에게선 이 도시에 오래 산 사람이라는 느낌을 찾아볼 수 없었다. 말투를 봐도 그랬지만, 우리 동네를 관찰하듯 둘러보는 눈빛이나, 섬 도시의 십 대들은 뭔가 다를 거란 기대라도 하는지 우리에게 사소하고 당연한 얘기들을 이것저것 묻는 것도 이방인에 훨씬 가까워 보였다.

“그냥 어쩌다 알아.”

애매한 대답. 하지만 굳이 더 알고 싶지 않았다. 이 언니는 어차피 떠날 외지인이니까.

마침 수영과 호두가 오는 바람에 혜현 언니와의 대화는 그렇게 끝났다. 우리는 다시 마을로 돌아왔다. 순댕이네 집을 지나고, 드디어 수영과 둘만 남았다. 나는 오늘 체육 시간에 고양이가 운동장에 들어왔던 얘기를 들려주었다. 수영은 헐, 하고 말 뿐이었다.

“넌 오늘 뭐 했는데?”

“뭘?”

“학교에서 말이야.”

“……나 뭐 맨날 똑같은데.”

기분 탓일까? 수영의 목소리가 퉁명스러웠다.

“들어가리.”

“응.”

수영이네 집과 우리 집은 걸어서 5분 거리다. 언제라도 금방 다시 만날 수 있고 매일 보는 사이니까, 갈림길인 파란 대문집 앞에 도착해서 아쉬움 없이 “안녕.” 하면 “어.” 하고 헤어지는 것이 우리의 방식이었다.

그런데 오늘은 무표정하게 뒤돌아 가 버리는 수영이 좀 야속했다. 잘 알지도 못하는 동네 외지인에게 털어놓은 비밀을 나한테는 숨기는 것도, 다른 사람과 있을 때는 울적한 티를 내지 않다가 나랑 둘만 남게 되니 금방 풀이 죽어 버리는 것도 다 이해하기 어려웠다. 무엇보다 나야말로 마음껏 불평하고 우울해하고 싶었다.

고수영 너만큼 나도 학교 가는 게 싫어.

다가오는 중간고사를 생각하면 숨이 턱 막히고 누가 내 목을 조르는 것만 같아. 그냥 시험을 치는 게 아니라 시험대에 오르는 기분이라고. 나를 증명해 내야 하는 시험대.

수영의 뒷모습이 사라지자 골목은 고요해졌다. 도시에서는 아주 깊은 새벽이 되어야 찾아볼 수 있을 그런 적막이었다. 고작 학교에 다녀오는 것만으로도 하루가 훌쩍 가 버리는 게 아깝고 억울한데, 심지어 시골의 하루는 도시의 하루보다 더 일찍 끝나 버린다. 나는 무거운 발걸음을 이끌고 우리 집으로 향했다.

"지혜야. 너희 편집부 이름 해오름 맞제?"

매점에서 간식을 사서 나오는 길에 지혜에게 물었다.

"나 말 안 했었나? 거기서 나왔는데!"

"맞네! 우리 그 얘기 할 때 유자 교무실 가고 없었잖아."

순댕이네 집의 혜현 언니가 뜬금없이 우리 학교 편집부 이름을 말했을 때 바로 알아들었던 이유가 그 때문이었다. 지혜가 가입한 동아리라 나에게도 익숙했다.

"그럼 우리 반에 편집부원은 없는 건가?"

두 사람의 눈이 커졌다. 민아가 주변을 힐끗 살피더니 목소리를 낮춰 말했다.

"걔 있잖아. 김해민."

김해민이 누구였더라. 아주 잠깐 고민했다.

"……서울에서 왔다는 걔?"

"응. 근데 걘 전학 온 게 언젠데 아직도 애들이 전학생이라고 하더라."

"걔가 전학생 이미지가 쎄긴 하다. 혼자 다녀서 그런가?"

야, 하고 지혜가 민아의 옆구리를 쿡 찔렀다.

상대가 지혜라고 했을 때는 난이도 2점 정도의 과제였다면, 지금은 10점 만점에 9점 정도로 느껴졌다. 이런 젠장. 나는 왜 친하지도 않고 아직 정체도 다 알지 못하는 동네 외지인의 부탁을 들어주기로 한 거지?

학원 수업이 끝나고 바로 근처 독서실에 왔다. 문제집을 풀고 있는데 문자가 도착했다.

수영이 오늘은 학교 갔어. 5시 넘어서 하교하던데?
근데 너는 왜 안 와?

어제저녁, 산책길에 우연히 또 만나 번호를 교환했던 혜현 언니였다. 아무래도 동네에 아는 사람이 없어서 심심한가? 마을 버스 정류장에 누가 오가는지 내내 지켜보고 있기라도 하는 건가.

저는 독서실이에요

동네에 독서실이 있어?

혹시 교지를 찾았는지 물어보려는 건가, 했는데 혜현 언니는 다른 말은 꺼내지 않았다. 더 답장하지 않고 폰 화면을 껐다. 수영이 오늘은 학교에 갔다니 우선은 한시름 놓였다.

수영의 결석부터 혜현 언니의 알 수 없는 부탁까지, 신경 쓰이는 일들은 많았지만 지금은 우선순위에서 잠깐 미뤄 놓아야 했다. 중간고사가 코앞이었다.

지난 전국 학력 평가에선 다행히 나쁘지 않은 성적을 받았다. 생각해 보면 당연한 일이다. 출제 범위가 중학교에서 배운 과정이었으니까.

이제 나는 중학생이 아니라 고등학생이다. 고등학교에서 새로 배운 것들로 겨루는 이번 시험에서 증명해야 했다. 정말 우등생인지, 아닌지. 다른 사람은 몰라도 나는 알고 있다. 내가 별로 똑똑하지 않다는 걸. 한 번 본 내용은 바로 머리에 입력되고, 수학 문제를 보면 풀이가 저절로 떠오르는, 그렇게 타고난 수재가 아니라는 뜻이다.

중학교에서 좋은 성적을 유지할 수 있었던 것은 그냥 지루한 것을 잘 참고 책상 앞에 오래 앉아 있는 끈기가 있었기 때문이다. 공부할 땐 내용이 당장 이해되지 않아도 반복해서 읽고 쓰면서 무작정 암기했다. 그렇게 머리에 욱여넣고 시험이 끝나면 금세 잊어버렸다. 수능에서도 그런 '암기발'이 과연 통할까?

부반장의 무리가 나를 관찰하듯 보던 그 눈빛이 떠올랐다. 경계와 호기심이 뒤섞인 얼굴들이 뭐야, 쟤 별거 아니네, 하는 비웃음으로 변하던 순간의 공기도. 벌써 몇 주가 지난 일인데 아직도 2반 교실 앞을 지나거나 그 무리와 마주칠 때면 목이 뻣뻣하게 굳었다.

숨이 뱉어져야 하는데 목 끝에서 턱, 하고 걸린 느낌. 또 시작했다.

도망치듯 독서실 복도로 나왔다. 막혔던 숨을 토해 내는데 구역질이 올라왔다. 마침 아무도 없는 휴게실로 들어와 창문을 열고 숨을 골랐다. 호흡은 나아졌지만 다시 자리로 돌아갈 엄두가 나지 않았다. 눈가에 땀인지 눈물인지 알 수 없는 것이 묻어 있었다. 얼른 눈가를 훔쳤다.

잠깐 바깥바람을 쐴 생각으로 독서실 건물을 빠져나왔다. 입구에 서서 있는 힘껏 숨을 들이마셨다.

"어?"

1층 편의점 문 앞에 서 있는 누군가와 눈이 마주쳤다.

"안녕."

"어어, 안녕. 김해민."

세상 어색한 인사네. 학교 안에서는 인사를 나눠 본 적 없는데. 이렇게 길에서 딱 마주쳐 버리다니. 근데 왜 자꾸 거슬리는 거지? 하필 우리 반에 편집부가 재 하나인 것도 그렇고.

“마실래?”

전학생이 녹차를 내밀었다. 똑같은 걸 두 병 들고 있는 걸로 보아, 방금 편의점에서 원 플러스 원으로 받은 모양이었다.

“잘 먹을게.”

바로 뚜껑을 열어 녹차를 벌컥벌컥 들이켰다. 전학생은 그런 나를 가만히 보았다.

“여기 독서실 다녀?”

“어. 니는?”

“나는 영화 보고 집 가는 길.”

시험공부는? 물으려다 말았다. 공부를 잘한다고 소문난 애니까 알아서 하겠지.

“영화 좋아하나 보네.”

“응.”

낮아서 그런지 별 얘기도 아닌데 집중해서 듣게 되는 목소리였다. 응, 하는 한 마디에서도 표준어 억양이 느껴진다는 게 신기했다.

그럼 내일 보자. 이렇게 말하고 돌아서면 되는데 문득 조바심이 들었다. 학교에서는 이렇게 둘이 얘기할 만한 기회가 없을지도 모른다.

“있잖아. 부탁이 있는데.”

부탁? 나를 내려다보는 전학생의 눈이 미세하게 커졌다.

"지혜한테 들었는데 니 해오름이라며. 너네 동아리방에 옛날 교지도 다 있제?"

"응. 아마도?"

"그러면 거기서…… 2013년도 가을에 나온 교지 좀 찾아 줄 수 있나?"

"2013년?"

"어."

"2013년이라고?"

전학생이 자기가 잘못 들었다고 생각하는지 두 번이나 물었다. 나는 별로 어렵거나 황당한 부탁이 아닌 척, 애써 덤덤한 표정을 지으며 고개를 끄덕였다. 2013년 가을 교지를 구해 달라는 것. 그게 혜현 언니의 부탁이었다.

"도서실에 없어?"

"응. 낮에 가 봤는데 없더라."

"거기서 뭐가 필요한데?"

뭐가 필요하냐고? 이번엔 내가 당황해 버렸다.

"궁금한 내용 있으면 그 부분만 찍어 와서 보여 줄게. 그건 별로 안 어려울 것 같은데."

휴대폰 카메라로 찍어서 보여 준다니. 혜현 언니가 들었다면 '이런 게 요즘 애들 방식이구나.'라고 감탄할 것만 같았다.

사실 나 말고, 우리 동네에 어떤 언니가 좀 보고 싶다고 해서. 그렇게 말하기가 망설여졌다. 우리 학교랑 관련이 없는 생판 남이 교지를 구한다고 하면 전학생한테도 더 부담스럽게 느껴질 테니까.

"다 필요하다. 전부 다."

"전부 다?"

"그래."

얘가 다 알아들었으면서 두 번 말하게 하는 습관이 있네. 조금 짜증이 나려고 했지만 꾹 참았다.

"그거만 갖다 주면 나도 니 부탁 하나 들어줄게. 내가 도와줄 게 있는진 모르겠지만."

"응. 알겠어."

별로 어렵지 않은 일이라는 듯 전학생이 고개를 끄덕였다. 마음이 한결 놓였다.

"근데 여기서 영화 좋아하면 좀 힘들지 않나?"

아까부터 맴돌던 의문이 불쑥 튀어나왔다. 비꼬거나 핀잔하려는 게 아니라, 나도 그 마음을 조금은 안다고 알려 주고 싶었다. 중학생 때, 수영이 서울에서 열리는 어느 미술 전시회에 보내 달라고 부모님에게 한 달을 졸랐지만 결국 가지 못한 일이 있었다. 서울은 왜 이렇게까지 멀고, 좋아하는 것들은 왜 대부분 멀리 있을까. 나도 서울에서 많은 것들을 누리고 경험하면서 자랐다면 취향이 뚜렷한 인간이 되지 않았을까?

"왜?"

"뭐, 그냥……."

"영화관이 하나밖에 없어서?"

동네 친구들끼리는 여긴 왜 영화관이 하나뿐일까, 하고 투덜거리고 지나간 사실을 외지인인 전학생의 입을 통해서 듣게 되니 조금 묘했다. 남에게 별로 알리고 싶지 않은 사실을 들킨 것만 같은, 썩 좋지 않은 기분.

"그런 것도 있고. 암튼 내일 보자. 안녕."

"나 너한테 궁금한 거 있었는데."

"뭔데?"

"네가 왜 유자야?"

기억을 곰곰 되짚어 보았다. 중학교에서, 고등학교에서 새로 만난 아이들 모두 당연하게 받아들이는 내 별명의 유래를 묻는 인간은 초등학교 저학년 이후로 처음 보았다.

"니는 같은 반인데 아직 내 이름도 모르나."

"아니. 알아. 너 유지안이잖아."

"그래. 성이 유씨니까 유자."

전학생이 아아, 하고 고개를 끄덕였다.

"나는 너한테 유자 향이라도 나는 줄 알았어."

내용을 봐선 농담이 분명한데, 저렇게 진지한 표정에 낮은 목소리로 말하니 괜히 이상하게 들렸다. 목 어딘가에서 간질간질한 느낌이 들었다.

"그만 갈게. 내일 보자."

"그래."

전학생이 나를 지나쳐 걸어갔다. 저 방향으로 조금 더 가면 신축 아파트가 모여 있는 지대였다. 저기 엄청 비싸다고 들었는데. 쟤는 서울에서도, 여기에 와서도 줄곧 아파트에서만 살았을까? 같은 반 친구를 두고 이런 생각이나 하다니. 나한테도 참 얄궂은 면이 있구나.

시험까지 남은 날들은 쏜살같이 흘러갔다. 학원에서도 수업이 끝나면 남아서 자습을 해야 했다. 화장실에 갔다가 자습실로 돌아왔는데 내 자리 위에 메모지가 붙은 음료수 캔이 놓여 있었다.

🍎

유자! 열공 열공 ㅋㅋㅋ 힘내자!
- 종원고 씹어먹을 유자에게. 효선고 씹어먹을 주주가 -

주은에게 눈인사를 하고 나서 에너지 드링크는 그대로 가방에 집어넣었다. 그걸 마시는 상상만 해도 심박수가 오르는 듯했다. 나도 다른 애들처럼 카페인에 적당히 각성되는 타입이면 얼마나 좋을까.

……근데 내가 언제부터 이랬더라?

또 쓸데없는 생각이 머리를 지배하기 시작했다. 얼른 고개를 내저었다.

자습이 끝나고 집으로 돌아가는 길. 학원 버스에서 주은의 옆자리에 앉았다. 나와 수영, 주은은 모두 같은 중학교에 다녔다. 그리고 지금은 수영, 주은 둘만 같은 고등학교였다.

"아까 에너지 드링크 고마워."

"뭘. 유자 니도 나한테 초콜릿 줬잖아."

버스가 출발했다. 학원 골목을 벗어나자 금세 거리가 어두워졌다.

"수영인 학교에서 요새 어떤데?"

"고수영? 그러고 보니 못 본 지 좀 됐다. 전엔 복도에서 자주 마주쳤는데."

주은이 고개를 갸웃거렸다. 설마 학교에 안 간 건 아니겠지? 나는 왜 고수영 본인한테 직접 묻지 못하고 다른 친구에게 이러고 있는 걸까. 에너지 드링크를 한 모금 마신 것처럼 심장이 쿵쿵 뛰었다.

"아! 오늘 급식실에서 봤다."

"누구랑 급식 먹는데?"

"나는 모르는 애들. 한 넷이서 다니던데?"

넷이서나 다니는구나. 그중 1명도 가늠이 되질 않았다. 수영은 고등학교에서 새로 사귄 친구 얘기를 나한테 한 적이 없다.

버스에선 내가 가장 마지막으로 내렸다. 기사 아주머니만 남은 버스가 적막한 동네를 빠져나갔다. 길을 걷다가 점포를 정리하는 과일 가게 아저씨와 마주쳤다.

"지안이 하교가 마이 늦네. 시험 기간인가배?"

"네. 안녕하세요."

"왜 너거 집 지나서 일로 왔노? 수영이한테 갈라고?"

"네."

"너무 늦게 돌아다니지 말고 얼른 집에 들가래이."

"네. 안녕히 계세요."

수영의 집 앞에 도착했다. 야행성이라 빨라도 새벽 1시나 되어서야 자는 수영의 방 창문은 웬일로 어두컴컴했다. 가방에서 비닐봉지를 꺼내 대문에 걸어 두었다.

벌써 자나?

대문에 마카롱 걸어 놓음 ㅋㅋ

낼 등교할 때 꼭 챙겨가리!

왔던 길을 되돌아 우리 집으로 향했다. 애옹, 하는 소리에 돌아보니 삼색이가 뒤따라 오고 있었다.

"애옹, 애옹."

"니도 엄청 잔소리하네. 알겠다. 일찍 다닐게."

"애오옹."

"대신 나 시험 잘 치게 도와줘. 내가 니한테 바친 간식이 몇 갠데. 고양이의 보은, 그런 거 있다며."

삼색이는 내 다리에 몸을 슥 비비며 지나갈 뿐 대답하지 않았다. 되돌려받기를 기대하고 베풀면 안 되는 것을, 순수한 이웃에게 내가 불순한 마음을 품었네. 괜히 좀 부끄러웠다.

금방 집에 도착했다. 아빠가 나를 마중 나갔었다며 한발 늦게 들어왔다. 내가 수영이네 집으로 가는 바람에 길이 엇갈린 모양이었다.

씻고 나와서 문제집을 한 장만 풀고 잘 생각으로 책상 앞에 앉았다. 학원 버스에서만 해도 당장 쓰러져 잠들 것 같았는데, 갑자기 각성이 되어 하나도 졸리지 않았다. 한 장만 더 풀자, 하는 게 벌써 몇 번째였다. 그러다 다른 생각들이 끼어들었다.

나 왜 이렇게 열심히 하는 거지?

이렇게 해서 1등을 지키면 그다음은?

다들 내가 서울로 대학을 가기 바랄 텐데. 거기 가서 뭐라도 하길 기대할 텐데. 내가 거기서 하루라도 숨을 편안하게 쉬고 살 수 있을까?

방 창문을 열었다. 차갑게 식은 새벽바람이 뺨에 닿았다.

크게 숨을 들이마셨다. 그리고 그만큼 크게 내쉬었다. 내 속에 들어온 공기가 모든 불안과 상념을 데리고 나가 주길 바라는 마음으로. 그렇게 자꾸 숨을 쉬다 보면 나쁘고 자신 없고 초라한 것들은 모두 비워 낼 수 있지 않을까?

밤공기에서 아주 희미하게 바다 소금 냄새가 묻어났다. 마셔도 마셔도 답답하기만 했다.

고등학교에서의 첫 시험이 끝났다.

가채점 결과, 한국사는 채점이 애매한 서술형 문항 하나까지 맞혔다고 가정한다면 만점이었다. 나머지 과목은…… 그냥 그랬다. 마지막 과목 시험이 끝나고 나서 속으로 조용히 예감했다. 이번 중간고사는 망쳤다, 하고.

안녕하세요

수영이한테 언니 잠깐 서울 집 갔다고 들었어요

거제엔 언제 오세요?

저 교지 찾았어요! 오시면 꼭 연락 주세요

문자를 보낸 지 하루가 지났는데도 혜현 언니에게선 아무런 응답이 없었다. 어른은 원래 그런가? 드라마에 나오는 것처럼,

대도시에 사는 어른들은 눈코 뜰 새 없이 바빠서 문자에 답장할 여유도 없는 건가?

전학생은 다른 편집부원들이 시험공부하느라 동아리방 출입이 뜸해진 틈을 타서 교지를 몰래 구해다 주었다. 10년도 넘은 교지를 또 누가 갑자기 찾을까 싶었지만, 그래도 교지를 내가 계속 가지고 있을 수는 없었다. 나에겐 언질도 없이 갑자기 서울로 가 버렸다는 혜현 언니에게서 답장이 없는 시간이 길어지자 점차 초조해졌다.

"그 언니가 이걸 갖다 달라고 했다고? 왜?"

"몰라. 말하기 싫어하는 것 같아서 자세히는 안 물어봤다."

수영이 교지 맨 뒷장을 펼쳐 보았다. 혹시나 하는 마음에 편집부원 목록을 살폈지만 이혜현이라는 세 글자는 없었다.

목차를 보던 수영이 어느 페이지를 펼쳤다. 2학년 1반 김수영이 수학여행을 다녀와서 쓴 수기였다.

"이 사람도 아직 수영이로 살려나?"

수기를 읽던 수영이 말했다.

"유자 니는 그런 생각해 본 적 없나. 이름 바꾸고 싶다고."

"이름을? 왜? 니 이름 예쁘고 좋은데."

"그냥 이름이라도 바꾸고 싶은 거지. 그럼 조금은 다시 태어나는 기분 아닐까? 인생 리셋한 것처럼. 아예 다시 태어나면 더 좋고."

왜 다시 태어나고 싶은데? 물을 수가 없었다. 중학생 때, 하

루는 수영이 지금처럼 지겨워 죽겠다는 얼굴로 나에게 물었
다. 있잖아. 죽고 나면 뭐가 있는지 궁금하지 않나?

나는 고수영만큼 나와 서로 잘 알고 친한 친구는 없다고 생
각하지만, 가끔은 수영이 나는 하지 않는 생각에 진지하게 몰
두한다는 것이 조금 무서웠다.

"……그럼 초등학교, 중학교부터 다시 다녀야 하는데? 난 그
거 지겨워서 못 한다. 시험도 몇 번을 다시 쳐야 하는데."

일부러 더 질색하듯 말했다. 장난처럼 대꾸하면 우리 대화
가 농담이 될 수 있지 않을까 해서. 그런 생각을 비웃기라도
하듯 수영의 표정은 진지하기만 했다.

"유자. 나 망한 것 같다."

"왜? 왜 그런 생각 하는데."

"있잖아. 나 학교에 시험 치러 안 갔다."

무언가 속에서 쿵, 내려앉는 기분. 시험에 일부러 결시하는
학생은 드라마나 책에서 본 적 있다. 대도시에선 종종 일어나
는 일일지도 모른다. 하지만 내가 여기서 학교를 다니는 동안
에는 한 번도 본 적 없는 일이었다.

마지막 시험일에 학교에 가지 않은 수영은 부모님도 있는
집에 곧장 올 수가 없어 혼자 버스를 타고 부산에 다녀왔다고
했다. 매일 보는 바다 말고 다른 바다를 보고 왔다고.

무단결석, 부산, 바다. 무슨 사춘기 방황을 다룬 독립 영화에
나 어울릴 법한, 나에겐 현실감이 없는 조합이었다. 수영 앞에

서 애써 침착한 표정을 지었다.

"수행 평가랑 나중에 기말 치면 그걸로 대체해서 점수 매길 걸? 괜찮다. 시험 한 번 안 친 걸로 인생 안 망한다."

"유자."

저 멀리 등대 쪽만 보던 수영이 나를 돌아보았다.

"진짜 그렇게 생각하나?"

"……."

답하지 못하는 나를 보며 수영이 씁쓸하게 웃었다. 처음 보는 표정이었다.

40번 버스를 타고 열일곱 개 정류장을 지나 약속 장소에 도착했다. 백화점 1층 입구에서 만나면 되냐는 전학생의 말에, 내가 제발 영화관 로비에서 보자고 했다. 요즘은 예매도 휴대폰 앱으로 미리 다 하니까, 입구 같은 데 괜히 얼쩡얼쩡 서 있지 말고 그냥 로비 의자에서 얌전히 팝콘이나 먹고 있으라고.

천천히 가고 싶어 엘리베이터 대신 에스컬레이터를 탔다. 6층 매표소에 도착하자 로비 의자에 앉아 폰을 보고 있는 전학생이 보였다. 나는 소리 없이 다가가 조금 거리를 띄운 채 앉았다.

"기척도 없이 오냐."

"어. 안녕."

전학생은 맨투맨 티셔츠에 통이 넓은 청바지, 운동화 차림이었다. 다행이다. 조금이라도 꾸민 티가 나는 차림이었다면 정말 짜증 났을 거다.

이른 오전 시간이라 그런지, 로비에서 상영관이 있는 층으로 올라가는 길에 또래 애들은 아무도 마주치지 않았다. 옆에서 말없이 걷는 전학생을 흘끗 올려다봤다. 평소에도 영화를 자주 보러 오는지 상영관을 찾느라 두리번거리지도 않고 자연스럽게만 보였다.

내가 왜 교실에서 전학생이 보던 잡지를 알은체했을까. 수영이 모으는 영화 잡지를 보고 있길래 가서 한마디 걸었을 뿐인데, 고작 그걸로 전학생은 내가 영화를 꽤 잘 안다고 착각한 모양이었다.

아무리 그래도 그렇지, 왜 같이 영화를 보자고 한 거지?

아니. 그럴 수 있지. 그게 대도시 애들의 방식이겠지, 뭐. 같은 반 친구끼리 영화 한 편 보는 걸 가지고 과잉 반응한다고 하면 '촌스럽다'고 비웃지 않을까?

영화가 시작했다. 시험이 끝난 첫 주말에, 친하지도 않은 같은 반 남자애랑 나란히 앉아 스릴러 영화를 보고 있다니. 처음에는 영 집중이 안 되더니 점점 화면에 빠져들었다.

쿵!

어디선가 큰 소리가 났다. 상영관 바깥에서 나는 소리였다. 내 옆에 앉은 전학생도, 앞줄에 드문드문 따로 앉은 관객들도 아무도 미동조차 하지 않았다.

왜 다들 아무렇지 않은 거지? 내가 잘못 들었나. 내 귀가 이상한 건가. 근데 여기가 몇 층이었더라? 이 건물 지어진 지 얼마나 됐지? 불안한 생각이 꼬리를 물고 이어졌다.

천장. 나도 모르게 천장을 올려다보고서야 알았다. 영화관 천장을 올려다본 적이 이전엔 한 번도 없었다는 사실을.

일정한 간격으로 천장에 콕콕 박히듯이 있는 동그란 형체가 눈에 들어왔다. 꺼진 조명인가? 팡! 무언가 터지면서 조각난 파편들이 머리 위로 쏟아지는 장면이 떠올랐다.

익숙한 느낌. 당장 일어나 출입구 불빛을 향해 달렸다.

속에서 역한 느낌이 올라왔다. 화장실에는 다행히 아무도 없었다. 구석 칸을 차지하고 구역질만 한참 뱉어 내다 나왔다. 세면대 거울 앞에 서니 벌게진 눈가엔 눈물이 맺혀 있었다.

나 왜 이러지? 작년에 학원 애들이랑 같이 영화 봤을 때, 그땐 괜찮았는데. 그래서 아무 걱정 없이 온 건데.

입을 몇 번이나 헹구고 밖으로 나왔다. 엘리베이터 로비에 전학생이 서 있었다. 전학생이 나를 보더니 아무 일도 없었다는 표정으로 말했다.

"뭐 좀 마실래?"

"아, 그래."

우리는 매표소 층으로 내려왔다. 영화를 마저 안 봐도 되는지 묻자, 전학생은 "뒤는 안 봐도 뻔해서. 김제욱이 범인이야." 하고 무심하게 대답했다.

“밖으로 나갈래?”

전학생이 매점에서 산 생수를 내밀며 물었다. 나는 고개를 저었다. 대신 어둡고 시끄러운 로비를 지나 밝은 곳으로 왔다.

“학교에서 심호흡하는 거 몇 번 보긴 했는데, 이 정도일 줄은 몰랐어. 미안.”

전학생이 말했다. ‘이 정도’가 뭘 뜻하는 건지 모르겠지만 그 말이 거슬려서 대답하지 않았다. 고작 단어 하나에도 울컥하는 걸 보니 지금 정말로 이상한 건 몸이 아니라 마음인지도 모른다.

“어디 안 좋은 데 있어?”

“아니.”

“그러면? 공황?”

비슷한 느낌이 반복된다는 것을 처음 인지했을 때, 두려운 마음을 안고 인터넷에서 몇 번 찾아본 적 있는 단어였다. 그러면서도 한 번도 밖으로 꺼내 본 적은 없는 단어.

“그냥 좀 답답해서.”

“그래. 잠깐 있다 내려가자.”

이 도시의 유일한 영화관이 있는 건물부터 터미널까지는 걸어서 15분이면 갈 수 있었다. 우리는 건물을 나와 터미널까지 향하는 매립지 옆 인도를 걸었다.

“터미널에서 너 본 적 있어.”

“버스 타고 학교 다녀?”

"아니. 걸어서 다니지."

"집에서 얼마나 걸리는데?"

"천천히 가면 한 30분?"

"좋겠다. 늦게 일어나도 되겠네."

파란불로 바뀌었다. 우리는 건널목을 건넜다.

"근데 또 언제 그래?"

전학생이 물었다. 앞뒤 없이 툭 물은 말인데도 바로 이해할
수 있었다.

"사람 많고 닫혀 있는 곳. 제일 최근에는 입학식 때 강당에
서. 그때가 제일 심했고, 평소엔 그냥 조금 답답하다가 만다."

"그때 말고는 괜찮고?"

"……그리고 터널 지날 때."

어느새 터미널에 도착했다. 정문으로 들어서서 오른쪽으로
가면 시외로 가는 버스, 왼쪽 문으로 다시 나가면 시내버스를
타는 곳이었다.

"부산으로 나갈 때 해저 터널 지나잖아. 거기는?"

"거기도 못 간다."

전학생이 조금 놀란 눈으로 나를 돌아보았다.

내가 알기로는 여기서 배가 아닌 차를 타고 다른 도시로 빠
져나가는 방법은 둘이다. 섬의 서쪽, 우리 부모님이 태어나기
도 전부터 있었다는 오래된 거제대교를 넘어 통영으로 가는
방향과 동쪽의 거가대교를 타고 부산 가덕도를 지나는 방향이

었다. 거가대교를 통해 부산으로 가는 길에는 바다를 지나도록 만든 터널이 있었다. 남들은 바닷속이라고 의식하지 않고 자연스럽게 잘만 오가는 터널인데, 나는 그곳을 지나는 상상만 해도 귀가 먹먹해졌다.

게임에 본격적으로 참여하기도 전부터 선택지 하나를 박탈당하고 시작하는 느낌. 그게 무슨 느낌인지 알까? 다른 사람도 아니고, 서울에서 전학 와서 지금은 도시에서 제일 비싼 아파트에 사는 우리 반 김해민이?

40번 버스가 정거장으로 들어섰다.

"갈게. 어쨌든 오늘은 미안. 나 때문에 영화 끝까지 제대로 못 본 거니까."

"응. 다음에는 도서관 가자."

"……."

부디 내가 잘못 들은 것이길. 나는 대꾸하지 않고 버스에 올랐다.

터미널에서 출발한 버스는 섬의 서쪽으로 향했다. 학교에서 우리 집으로 가는 방향. 매일 버스 창밖으로 보는 익숙한 거리였다. 그만 눈을 감고 창가에 머리를 기댔다.

학교에서 성적표를 받았을 때도 나오지 않았던 눈물이 이제야 흘러나왔다.

전교 석차 19등.

뭔가 잘못된 거다. 다른 사람 성적표를 받은 거 아냐? 전체 석차가 아니라 과목 석차인가? 성적표를 몇 번이나 다시 확인하는 나에게 마음 한구석에서는 이렇게 비아냥댔다. 뭘 그래. 유지안 너도 알고 있었잖아. 이번 시험은 망쳤다는 거. 망했다는 거.

수영이 시험을 치러 가지 않았다고 털어놓았던 날. 그때 내가 수영에게 진짜 하고 싶던 말은 이런 거였는지도 모른다. 고수영. 정말 그렇게 생각해? 고작 이름 하나 바꾼다고 인생이 나아질 거라고?

절대 아닐걸. 절망이 그렇게 만만한 상대가 아니잖아.

버스는 섬의 서쪽으로, 더 서쪽으로 향했다. 망했다. 나야말로 진짜 망했다. 그 말이 서쪽으로 가는 나를 자꾸 따라오는 듯했다.

비의 도시 (2부)

1

오전 내내 가게 카운터를 보았다. 관광객 손님 몇 팀이 다녀간 것 말고는 한산했다. 유리창 바깥 오래된 골목을 내다보며 생각했다. 지겹다.

"엄마."

"왜?"

"엄마는 안 지겹나? 매일 모르는 사람들 왔다 갔다 하는 거."

"그게 지겨우면 장사를 우째 하노."

엄마 대답은 건조하기만 했다. 인터넷에선 경상도 아빠들은 다 무뚝뚝하다는데 우리 집은 그 반대다.

"맨날 다른 사람들이 오는데 어떻게 지겹노."

"아니! 내 말은, 모르는 사람들이 맨날 오는 거. 그거 자체가 지겹지 않냐고."

나도 모르게 목소리가 높아졌다.

“가시나 밥 잘 먹고 아침부터 짜증은.”

“아! 가시나 하지 말라니까.”

“알겠다, 이 가시나야.”

엄마가 소리 내어 웃었다. 뭐라고 쏘아붙이려는데 하필 손님이 들어왔다. 대학생쯤 되어 보이는 여자 셋이었다.

별로 웃긴 얘기도 아닌데 누가 말 한마디만 꺼내도 자기들끼리 까르르 웃는 게 딱 봐도 친구 무리였다. 셋은 “이것도 먹고 싶은데 어떡하지.”, “그럼 그것도 하자!” 이런 대화를 반복하면서 빵을 한참 골랐다.

친구 셋이 커다란 빵 봉지를 들고 나가자 아빠가 가게로 내려왔다.

“우리 둘째는 아직도 불통하네?”

“지 시험 망쳤다고 그러지 뭐.”

“아, 진짜!”

“괜찮다. 다음에 잘 치면 되지.”

아빠가 말했다. 내 성적표를 처음 보고 나서 했던 말과 토씨 하나 바뀌지 않았다. 어제 언니는 나에게 뜬금없이 피자 쿠폰을 보냈다. 가족 중 아무도 나를 탓하지 않는 게 더 서글펐다. 그만큼 내가 불쌍해졌단 뜻일 테니까.

학원 수업을 빼먹었다. 전교 1등 출신이라는 타이틀이 아직은 먹히는 걸까? 감기 기운이 있어서 오늘은 쉬고 싶다고 하니 학원 선생님은 푹 쉬고 얼른 회복해서 오라고만 했다. 내 중간 고사 성적을 듣고 나서도 선생님은 걱정하지 말라고, 금방 다시 올릴 수 있다며 나를 다독였다. 주변 어른들을 걱정시키는 것도 전에는 없던 일이라 익숙하지 않다. 자꾸 내가 민폐 끼치는 것처럼 느껴진다.

약속 장소인 터미널 옆 패스트푸드 가게로 왔다. 창가 자리에서 여자애가 손을 흔들었다.

"지안이 맞지? 한 번에 알아봤다. 딱 봐도 수영이 친구네."

여자애가 나를 보며 웃었다. 그러는 자기도 내가 예상한 반장의 이미지 그대로였다.

어제저녁, 모르는 번호로 문자가 왔다. 자기는 효선고에 수영이네 반 반장인데 모래중 출신 친구한테 내 연락처를 받았다고 했다. 수영이 중간고사 이후로 계속 1교시만 듣고 조퇴하더니 아예 학교에 나오질 않는다고, 집에선 어떻게 지내는지 이것저것 묻더니 혹시 시내에 나올 일이 있으면 만나자고 해서 약속을 잡게 되었다.

"학교에서는 애들이랑 얘기 잘하거든. 근데 집에 가면 톡 답장도 안 하고, 주말에 놀자고 했는데 번번이 거절하더라. 니가 수영이 친구라서 하는 얘기는 아니고, 나랑 우리 반 애들은 수영이랑 진짜 잘 지내고 싶어 하거든. 근데 수영이가 뭐 때문에 힘들어하는지 모르겠다. 학교에서 무슨 일이 있었던 것도 아니고, 괴롭히거나 특별히 사이 안 좋은 애가 있는 것도 아닌데.”

애기를 늘어놓은 반장은 한숨을 내쉬었다. 반장인 데다 수영과 같이 급식을 먹는 무리에 있다는 이유로 아마 여러 선생님에게 불려 가서 비슷한 애기를 반복했을 것이다. 문자를 나눌 때만 해도 반장이라는 이유로 무리하는 건가, 모든 반장이 이렇게까지 하진 않을 텐데, 하고 의아했는데 눈을 보고 대화하니 알 것 같았다. 진심으로 걱정하고 있구나.

“근데 나한테도 학교 애기를 일절 안 했어서. 나도 이유는 몰라.”

반장의 표정이 심각해졌다.

“그래도 돌아가긴 할걸.”

“진짜? 왜?”

“다 하기 싫고 귀찮아질 때 있잖아. 수영이가 그런 시기 아닌가 싶어서.”

나는 애써 덤덤하게 말했다. 반장도 천천히 고개를 끄덕였다. 그 애는 수영이 학업 중단 숙려제 동안 상담을 잘 받으러 갈 수 있게 도와달라고, 무슨 일이 있으면 서로 연락을 하자며 덧붙였다. 그렇게 길지 않은 대화를 나누고 헤어졌다.

거리에는 빗방울이 조금씩 떨어지고 있었다. 우리 동네로 가는 버스에 올랐다. 오늘 만남은 수영에게는 우선 비밀에 부치기로 했다.

가게에 도착하니 엄마가 말했다.

“위에 수영이 와 있다.”

“응.”

우산에 묻은 물기를 털고 문을 닫았다. 엄마는 내가 2층으로 올라가는 모습을 물끄러미 보았다. 궁금한 게 있지만 참는 표정. 나는 그 시선을 모른 체하며 조용히 방으로 올라갔다.

수영은 내 책상에서 컴퓨터를 보고 있었다.

“숙려제 끝나면 학교 갈 거제?”

“유자 니는 오자마자 그 소리가.”

수영은 나에게는 눈길도 주지 않은 채 애꿎은 스크롤만 휙휙 내렸다. 화면 속 OTT 영상 목록이 빠르게 바뀌었다.

“일단 나 옷 좀 갈아입고.”

“어어.”

화장실로 와서 손을 씻었다. 거울에 비친 얼굴엔 다크서클이 한껏 내려앉아 있었다.

며칠 전 수영에게 왜 학교에 가지 않는지 묻자 수영은 지겨워서,라고만 답했다. 나도 수영에게 이번 시험 성적 같은 건 말하지 않았다. 실력과 노력이 부족했을 뿐, 그런 건 친구에게 하소연해 봤자 해결되는 일이 아니니까.

친구의 등교 거부란 처음 겪는 일이라 도대체 어떻게, 어느 정도까지 개입해야 할지 막막했다. 인터넷에서 비슷한 키워드들을 검색해 보다가 그만두었다. 애초에 저마다의 사정이 모두 다른데, 이런 일에 정답이 있긴 할까?

다만 아까 반장에게 했던 말은 진심이었다. 수영이라면 어느 날 갑자기 훌훌 털고 나와 아무렇지 않은 얼굴로 자신을 기다리는 친구들이 있는 학교로 돌아갈 것 같았다. 초등학생 때, 정글짐에서 놀다 다쳐서 입원했을 때도 그랬고 중1 방학 때 짧은 별거를 하게 된 엄마를 따라 진주로 가 버렸을 때도 마찬가지였다. 큰일 났다며 떠들어 대는 아이들 사이에서 조용히 내 할 일을 하고 있으면 수영은 다시 원래 자리로 돌아왔다.

나는 시험 성적 하나에도 좌절했으면서 남의 일이라고 가볍게 여기는 건가? 아무리 생각해도 그건 아니었다. 어떤 절망에도 툭툭 털고 일어날 힘이 수영에게 있다면 나에게는 없다. 정말로.

옷을 갈아입고 방으로 왔다. 수영이 어느 드라마 시리즈의 섬네일을 클릭하며 말했다.

"어? 이거 그거다. 얼마 전에 난리 났던 거."

"뭔데? 재밌다나?"

"아니. 내가 저번에 서명 링크 보냈는데 기억 안 나나?"

수영은 하루에도 몇 번씩 서명 링크를 보낸다. 주로 기후 위기 대응이나 동물권과 관련한 이슈들이었다. 어느 지역의 불법 도살장이나 동물 학대범의 강력한 처벌을 촉구하는 내용이 대다수인데, 얼마 전엔 좀 독특한 기사가 있긴 했다.

최근 방영한 TV 드라마의 스태프로 일했다는 누군가가 익명으로 SNS에 글을 올렸다. 지역 유기견 센터에서 개를 데려와 촬영을 하다가 관리 소홀로 잃어버렸다는 내용이었다. 논란이 커지자 드라마 제작사에서 나서 잃어버린 개는 찾아서 센터에 되돌려줬다는 해명을 올렸지만, 제보자가 거짓말이라며 반박하다가 모든 글을 삭제해 버렸다. 사람들은 돌연 사라진 제보자를 보며 제작사에서 돈으로 매수하거나 협박했을 거라며 더욱 열을 올렸다.

"그 후로 다른 소식 더 올라온 건 없었제?"

"그럴걸?"

논란의 드라마는 정작 내용에는 주목을 받지 못한 채 종영했다. 수영이 동영상 사이트에서 드라마 제목을 검색했다. 드라마 관련 영상보다 유기견 분실 사건을 다룬 영상들이 더 상단에 떴다.

수영이 어느 쇼츠 영상을 클릭했다.

영상 옆으로 댓글들이 이어졌다. '어차피 망드. 꼬시다', '화제성 개망해서 일부러 어그로 끄는 거 아님?', '이게 다 드라마에 쓸데없이 동물 얘기 집어넣어서 그럼. 억지 감동 팔이 지겹지도 않냐. 수준 미달 작가는 절필해라!'

"아직도 욕 엄청 먹고 있네."

날 선 댓글들을 보니 묘한 기분이 들었다. 나도 처음 기사를 접했을 땐 흥분한 수영과 맞장구치며 비난을 쏟아 내긴 했었다. 물론 당사자들이 볼 수 없는, 수영과 나 둘만 있는 대화창에서.

나와 비슷하게 느꼈는지 굳은 표정으로 댓글들을 보던 수영이 말했다.

"남한테 망했다는 말을 되게 쉽게 한다. 맞제."

댓글 여기저기 섞여 있는 '망드'라는 단어가 눈에 띄었다.

망드, 망작, 망돌, 망생 등등.

'망한'을 갖다 붙인 말들이 연달아 떠올랐다. 이런 신조어가 많다는 것은 워낙에 무언가가 '망하는' 일이 흔해서 그런 걸까. 아니면 뭔가를 두고 '망했다'고 평가하기 쉬워서 그런 걸까.

처음에는 화가 난 듯 보이던 댓글들이 점차 웃긴 구경거리를 즐기는 것처럼 느껴졌다. 누군가의 실수와 좌절은 다른 누군가에겐 그저 조롱거리가 되기도 한다. 실패가 미치도록 두려운 이유는 아마 이런 데 있는 게 아닐까.

"궁금한데 1화만 볼까?"

수영이 물었다.

"왜? 어차피 재미없다는데."

"그래도 한 편만 보자."

수영이 OTT 사이트에서 드라마 1화를 재생시켰다. 첫 회라 그런지 주인공과 주변 인물들의 상황이 교차되면서 각자의 캐릭터를 보여 주는 장면들이 나열되었다. 강아지는 1화 막바지에서야 동네 유기견으로 등장했다. 직장에선 일 못한다고 깨지고, 연인에겐 배신을 당하고. 작정이라도 한 듯 몰아치는 시련에 지쳐 있던 주인공이 거리의 강아지를 보며 꼭 세상에 버려진 자신과 같다며 연민을 느끼는 익숙하고 지루한 전개였다.

이미 드라마에 선입견이 생기기도 했지만 가장 거슬리는 것은 따로 있었다. 부산 출신이라는 설정의 동료 캐릭터가 쓰는 과장된 말투였다.

"주변에 사투리 쓰는 사람이 하나도 없었나? 이거 아니라고 좀 알려 주지."

내가 투덜대자 수영이 고개를 갸웃거렸다.

"나 왜 작가가 지방 출신일 것 같지?"

"왜? 갑자기 부산 캐릭터 나와서?"

"몰라. 그냥 느낌이."

드라마를 보고 나서 수영은 우리 집에서 저녁까지 먹고 해가 진 후에야 집으로 돌아갔다.

공부하는데 밤늦게 수영에게 톡이 왔다. '아까 그 드라마 정주행 중. 엄청 막 재밌는 건 아닌데 계속 보게 됨.'

나는 짧게 답장하고 휴대폰을 껐다. '그게 재밌는 거 아냐?'

아까 우리가 본 드라마는 무려 16부작이었다. 드라마 정주행을 할 시간이면 인강을 몇 편 볼 수 있나, 하는 계산부터 섰다.

미리 세워 놓은 공부 계획도 저녁 내내 수영과 노는 바람에

절반도 하지 못했다. 자기를 다그치는 부모님이 있는 집에 늦게 들어가려고 하는 수영의 마음을 모른 척할 수는 없었다. 그렇게 수영과 둘이서 드라마를 보고 영양가 없는 수다를 떨면서 보낸 시간을 아깝다고 생각하긴 싫었지만, 자꾸만 머릿속에선 계산기와 타이머가 째깍째깍 분주하게 돌아갔다.

내가 이렇게나 인색한 인간이었나? 마음이 이만큼 쪼그라든 건 중학생에서 고등학생이 된 탓일까. 그게 아니라면 1등에서 19등이 된 탓일까. 나도 알 수 없었다.

거제가 소도시라는 사실을 평소에는 의식하지 않다가도 새삼 실감할 때가 있다.

출신 학교, 사는 동네, 다니는 학원 혹은 교회나 성당 등등. 연결 고리의 가짓수가 대도시에 비해선 얼마 되지 않다 보니 한두 다리만 건너도 금방 아는 사이가 되었다. 얼굴 한 번 본 적 없는데 그렇게 연결 고리를 찾다 보면 금방 친구의 친구, 친구의 아는 애, 이런 식으로 이어졌다. 그만큼 이 도시에선 소문도 금세 퍼진다는 의미다.

"유자 니도 기억나제. 나 막판까지 너네 학교 1지망 넣을까 말까 고민했던 거."

교실 바닥에 둘러앉아 피자를 먹던 아이들의 시선이 모여들었다.

"근데 안 넣기 잘했다. 종원고 갔으면 나도 발릴 뻔."

정적이 흘렀다. '갑분싸'라는 말은 바로 이럴 때 쓰는 거겠지.

"야! 최은기. 콜라 더 마실래?"

소정이 냉랭한 분위기를 깨며 카랑한 목소리로 물었다. 그러고는 최은기에게 가서 콜라를 따라 주자 최은기도 그걸 잠자코 들이켰다. 그 모습도 꼴 보기 싫었다. 소정이 나에게 눈을 찡긋하더니 자리로 돌아갔다.

중학교 3년을 함께 보낸 우리는 도시 곳곳에 있는 고등학교로 뿔뿔이 흩어져야 했다. 우리 동네엔 가까운 고등학교가 없었으니까. 눈물 바람이 된 졸업식 날, 다들 입을 모아 약속했다. 매년 스승의 날 즈음이 되면 중학교에 모여서 같이 파티를 하자고.

그 약속을 할 때는 예상하지 못했다. 졸업하고 친구들과 처음으로 다 같이 모인 자리가 이렇게 가시방석이 될 거라고는.

최은기가 음식을 먹느라 잠잠해진 사이 아이들은 다시 떠들기 시작했다. 각자 학교가 얼마나 이상하고 불합리한지 경쟁이라도 하듯 불평을 쏟아냈다. 내가 알던 친구들 모습 그대로인데 이상하게 대화에 집중이 되지 않았다.

아직은 중학교에 더 큰 소속감을 느끼지만 몇 달만 지나도 그런 애틋함은 희미해질 게 뻔했다. 스승의 날이면 중학교 선생님을 뵈러 오자고 한 약속도 바쁜 고2, 고3이 되면 흐지부지 사라지지 않을까.

나는 화장실에 가는 척 슬며시 교실을 나왔다. 복도 끝 계단에서 수영과 희정 쌤이 대화를 나누는 모습이 보였다. 나를 발견한 희정 쌤이 손짓했다.

"지안이는 키가 좀 큰 것 같은데?"

"예? 아닐걸요?"

"원래 자기는 모르지. 쌤이 보기엔 확실히 컸다."

그런가? 수영을 보자 자기도 모르겠다는 듯 어깨를 으쓱했다.

"교무실 냉장고에 과일 넣어 둔 게 있는데 깜빡했네. 가지고 올게."

선생님이 웃으며 내려가고, 계단참에는 수영과 나 둘만 남았다.

수영은 말없이 창문 너머 운동장만 바라보았다. 쌤이랑 무슨 얘기했어? 물을 필요가 없었다. 수영의 눈가가 조금 붉어 보였다.

나에게는 '발렸다'며 함부로 떠들던 최은기도 수영 앞에선 결석이니 자퇴니 하는 얘기를 꺼내지 않았다. 다른 아이들도 마찬가지였다. 혹시 수영의 소식은 아직 퍼지지 않은 건가, 내심 바랐지만 그럴 확률은 낮아 보였다. 수영이네 학교엔 우리 학교보다 같은 중학교 출신이 더 많으니까.

너무 크고 무거워서 입에 올리기가 힘든 일들은 따로 있는 모양이었다. 어쩌다 우리 둘 다 이렇게 불편한 마음으로 졸업 후 첫 동창회에 오게 되었을까.

"내가 생각을 해 봤거든."

수영이 조금 잠긴 목소리로 말을 이어 갔다.

"이름이나 스타일이야 바꾸면 그만이지만 나를 아는 사람들이 계속 존재하면 결국엔 아무 의미 없는 거 아니가. 그 사람들은 내 이전 모습까지 다 기억하는 거니까."

또 이름 바꾸는 소리라니. 수영은 아직도 그 생각에 빠져 있었구나.

최은기가 나한테 '발렸다'고 하는 걸 들었다면 수영은 그 자리에서 최은기를 똑같이 '발라 버렸을' 거다. 다들 워낙 오래된 사이라 웬만큼 기분 상하는 일은 참으려고 하지만 최은기는 종종 선을 넘었다. 초등학교 4학년 때였나. 하루는 최은기가 같은 반 친구를 자꾸 놀려서 수영이 대신 나서 싸워 주었다. 수영이 쏘아붙이던 얼굴도, 최은기가 분해서 울던 모습도 아직 생생했다. 수영은 그런 자질구레한 기억들로부터 벗어나고 싶다는 뜻일까?

그렇다면 나는? 나도 청산하고 싶은 관계 중 하나일까?

"그러게. 애들한테 소문 다 났더라. 나 등수 떨어진 거."

나는 웃긴 얘기라도 된다는 듯 말했다. 수영이 정색했다.

"누가 뭐라고 하더나?"

"아니 그냥. 다 아는 것 같아서."

"최은기? 걔 또 깝쳤제?"

최은기를 감싸고 싶은 마음은 없지만 오랜만에 모인 자리에서 싸움을 일으킬 순 없었다. 나는 황급히 고개를 저었다.

"다음번에 니 1등 하면 최은기 표정 어떤가 구경 좀 해야겠다."

"내가 어떻게 1등을 하는데."

"왜? 하면 되지."

수영은 30명 중 1등과 300명 중 1등이 다르지 않다고 생각하는 건가? 창밖으로 고개를 돌려 수영의 시선을 피했다. 아무도 없는 모래 운동장은 오늘따라 유독 작아 보였다.

집에 도착하니 엄마 혼자 가게를 정리하고 있었다. 빵이 소진돼서 일찍 마감하는 건데도 피곤해 보였다. 가방을 내려놓고 정리를 돕는데 엄마가 말했다.

"옷이라도 갈아입고 오든가."

"올라갔다 오기 귀찮잖아."

평소라면 그렇게 귀찮아서 밥은 어떻게 먹냐고 대꾸할 차례인데 엄마는 아무 말이 없었다. 집에서는 누구도 내 앞에서 힘 빠지는 얘기를 하지 않지만 엄마와 아빠도 요즘 내 성적 때문에 근심이 많다는 건 알 수 있었다. 걱정과 실망. 그런 건 애써 감춰도 작은 한숨이나 대화의 공백, 공기로 전해지는 법이다.

"그럼 앞에 심부름이나 갔다 온나."

"뭐 사 오면 되는데?"

"아니. 순댕이네 집에 창문 좀 닫고 온나."

"순댕이네? 왜?"

"낮에 장평에서 순댕이 데리고 왔었거든. 환기하면서 창문을 다 열어 놨는데 까먹고 그냥 갔다대. 밤에 비 소식 있다던데 갑자기 생각났다고, 놀라서 전화 왔더라."

장평 아줌마가 이 동네에 살던 때는 우리 가게에 와서 엄마와 수다를 떠는 날이 잦았다. 그러다 한 번씩 나에게 '공부 잘하는 기특한 지안이' 하면서 용돈을 주시기도 했다.

아줌마는 내가 모래중 1등이었던 사실만 기억하고 계실 텐데. 엄마도 오랜만에 만난 이웃에게는 내 성적이 떨어졌다고 속상함을 털어놨을까? 이런 생각을 하는 게 착잡했다. 나는 군말 없이 가게를 나섰다.

엄마가 알려 준 현관 비밀번호를 누르고 아무도 없는 집 안으로 들어왔다. 부엌과 거실, 안방과 작은 방에 차례로 들러 창문을 닫고 확인했다.

집 안에는 이불장이나 식탁처럼 몇 가구들만 덩그러니 놓여 있었다. 잠깐이긴 해도 사람이 지내다 갔으니 뭐라도 흔적이 남기 마련인데 집은 온기 없이 적막하기만 했다. 너무 갑자기, 홀연히 사라져서 그런가. 혜현 언니가 여기로 다시 오지 않을 것 같다는 생각이 스쳤다.

그때 수납장 위에 올려진 책자가 눈에 띄었다.

"어?"

표지의 학교 마크부터 문구까지 분명 우리 고등학교 졸업앨범이었다. 표지에 적힌 졸업 연도는 내가 초등학교도 입학하기 전이었다. 그때라면 순댕이와 할머니, 장평 아줌마와 아저씨까지 모두 이 집에 살았지만 내 기억으로는 고등학생인 가족은 없었다.

이래도 되나, 하면서도 내 손은 이미 앨범 뒷장을 펼치고 있었다. 반별로 졸업자들의 이름과 주소, 전화번호가 줄지어 적혀 있는 페이지였다. 이름은 가나다순이라 내가 찾는 이름이 있는지 확인하기는 쉬웠다.

두 번이나 살폈지만 많은 이름 사이 이혜현은 없었다. 그게 당연한 건데도 이유를 알 수 없는 허탈감이 들었다.

교지에 이어 졸업 앨범까지. 혜현 언니는 여기서 무엇을 찾으려고 했던 걸까. 나한테서 교지를 받지 못했으니 아직 못 찾았을 텐데, 왜 서울로 가 버린 거지?

중간고사가 지나고 나니 학교 행사가 연이어 기다리고 있었다. 오늘 학급 회의 주제도 곧 있을 체육 대회 얘기였다. 아이들이 자꾸 쓸데없는 얘기를 꺼내 회의가 늘어졌다. 나도 멍하니 앉아 딴생각만 했다. 수영이네 학교도 체육 대회를 하려나. 고수영은 언제 학교로 돌아갈 작정이지?

"단체 티셔츠는 1반이랑 같은 업체에 주문하려고."

반장의 말에 아이들이 "찾아보면 더 괜찮은 업체 있지 않겠나?", "걔들은 반 티 디자인 뭔데?" 하면서 끼어들었다.

그 틈에 김해민이 조용히 손을 들었다.

"단체 티셔츠 맞추는 건 언제 결정된 거야?"

충분히 나올 수 있는 질문이었다. 체육 대회 때는 반별로 옷 맞춰 입는다는 설명만 있었을 뿐 그게 필수인지, 우리 반 모두 동의하는지 하는 것들은 따로 얘기하지 않았으니까.

반장이 고개를 끄덕이며 대답했다.

"이번에 맞추면 좋을 거 같아서. 가을에 소풍 갈 때도 입고."

"헐. 그땐 당연히 사복 입어야지!"

뒤에서 누군가 외쳤다. 교단에 선 반장의 얼굴이 조금 난처해졌다.

"그럼 투표하자. 단체 티셔츠 주문 제작하는 거 반대하는 사람?"

반장의 말에 김해민이 가장 먼저 손을 들었다. 자기 말고도 손을 드는 아이가 있는지, 다른 아이들의 반응이 어떤지는 하나도 궁금하지 않은 듯 무심한 얼굴이었다.

싸한 분위기 속에서 몇몇 아이들이 입을 열었다.

"다른 반은 벌써 주문 넣었다며. 우리는 좀 늦지 않았나? 아직 디자인도 안 정했고, 이제 주문해서 다음 주까지 받기엔 무리 같은데."

"그래. 그냥 색깔만 맞춰 입는 게 어떤데? 6반도 그렇게 하던데."

그러면서도 다들 손은 들지 않았다. 하지만 분위기가 형성되고 있다는 것을 느꼈는지 김해민도 말없이 손을 내렸다.

결국 우리 반은 체육 대회에서 검은색 옷으로 맞춰 입기로 하고 회의가 끝났다. "까만색은 덥지 않나?", "나 검은색 반팔 없는데." 하고 투덜대는 아이들은 있었으나, 어쨌든 결론이 났다. 김해민은 아무 감정 없는 얼굴로 가만히 듣고 있을 뿐, 이번에는 무어라 토를 달지 않았다.

친구들과 급식실로 가는 길. 지혜가 말을 꺼냈다.

"아까 봤제. 걔는 조용한 것 같은데 은근히 튀더라. 편집부에서도 애들이랑 친해지지도 않고 그냥 자기 일만 한대."

누구라고 콕 집어 말하지 않았는데도 알아들을 수 있었다. 주어를 생략한 대화가 계속되었다.

"근데 사실은 단체 티 맞추는 거 다들 싫지 않겠나? 돈도 돈이고, 내년 되면 아무 짝에 쓸모없잖아. 그냥 잠옷행인데. 그래도 단체 생활이니까 다들 참는 거지."

"개인주의 심한 애들은 그게 잘 안 되는갑다. 그래도 난 저렇게 살면 좀 피곤할 것 같다."

개인주의,라는 말이 귀에 꽂혔다. 무리 지어 다니기보단 혼자 있는 것을 선호하고, 남의 눈치를 보지 않고 소수 의견을 내는 것이 '개인주의'로 일컬어지는 모양이었다.

거슬리긴 하지만 딱히 아니라고도 할 수 없고. 그런데 무슨 무슨 주의, 하는 표현을 갖다 붙이기에는 우리는 아직 김해민을 잘 모르지 않나? 의문은 들었지만 한 마디도 보태지 않고 아이들의 대화를 묵묵히 듣기만 했다.

매점에서 후식까지 먹은 후에야 교실로 돌아왔다. 모여 앉아 떠드는 아이들 사이, 오늘도 김해민은 자리에 혼자 있었다. 그 자리에 늘 놓여 있는 정물처럼 익숙한 모습이라 그냥 지나치려다 흠칫했다. 김해민은 며칠 전 내가 돌려준 교지를 읽고 있었다.

"그걸 아직도 안 갖다줬나?"

비어 있는 앞자리에 앉으며 물었다. 하필 교지를 돌려준 날 저녁, 혜현 언니로부터 답이 도착했다. 그동안 서울에서 밀린 일을 처리하느라 정신이 하나도 없었다면서.

나는 김해민이 읽던 페이지를 넘겨 보았다. 편집부원들이 쓴 짧은 산문과 단편 소설, 시가 이어졌다.

"그거 좋더라."

김해민이 내가 멈춘 페이지를 가리켰다. 2학년 이재희가 쓴 단편 소설이었다.

"이거 니가 계속 들고 있어도 되나? 안 그래도 다시 필요할 수도 있을 것 같아서."

"그럼 그냥 선배한테 얘기하고 갖고 있을게."

"그래. 고맙다."

혜현 언니는 내가 교지를 어떻게 할지 묻자 거제에 언제 갈 수 있을지 모르겠다고만 했다. 교지를 챙겨 놓으라는 말도, 당장은 갈 계획이 없으니 돌려주라는 말도 하지 않았다. 답장이 오는 간격도 길고 바빠 보여 더 궁금한 것들은 묻지 못했다.

짧은 대화 끝에 혜현 언니는 편집부 친구와 나눠 먹으라며 아이스크림 쿠폰을 보내왔다. 무려 네 가지 맛을 고를 수 있는 쿠폰이었다. 내가 왜 편집부 애와 안 친하다는 말을 하지 않았을까.

"근데 편집부는 왜 든 건데? 영화 감상반도 있잖아."

"그냥 전부터 하고 싶었어."

"대학도 그쪽으로 가려고?"

김해민이 고개를 저었다.

"아니면 영화과?"

"아니."

"그럼 무슨 과 가게?"

"고민 중."

고작 세 글자인 대답과 그걸 말하는 무심한 눈빛에, 한동안 퍽 가깝게 느껴지던 김해민이 다시 한 발 멀어지는 듯했다.

"너는?"

"나는……."

아무거나 둘러대기라도 하고 싶었지만 그마저도 떠오르는 게 없었다. 문과보다는 이과를 고려하고 있다고 하면 보통 상대방이 물어볼 말은 뻔했다. 너 수학 잘해?

요즘 복도에서 같은 학년 아이들을 보면 늘 생각했다. 나보다 시험을 잘 친 18명은 과연 누구일까. 그중에 나를 무시했던 부반장의 친구들도 있을까. 소문을 통해 전교 상위권을 몇 파악했지만 그러고도 10명은 남는다. 김해민은 수학 시험에서 학년 최고점을 받았다고 들었다. 어쩌면 김해민도 내 앞에 줄을 선 18명 중 하나일지도.

"근데 있잖아. 다닌 학교인데 졸업 앨범에 이름이 없을 수가 있나?"

화제를 돌리고 싶어 꺼낸 얘기였다. 김해민은 의외로 당연하다는 듯 답했다.

"중간에 전학 갔으면 없을 수 있지."

별명이 전학생인 아이다운 대답이었다.

"전학 가고 나서는 굳이 그 학교 출신이라는 말은 안 하려나?"

"나는 할 거야. 잠깐이라도 다닌 건 다닌 거니까."

어쩐지 단호하게 들리는 목소리였다. 단체 티셔츠를 맞추기 싫어하는 김해민도 자기가 다닌 학교에 소속감 같은 걸 느끼는 건가?

그럼 만약에 내가 다닌 학교가 아닌데, 남의 학교 교지랑 졸업 앨범을 구하는 이유는 뭐라고 생각해? 물으려다 멈칫했다. 어디선가 이쪽을 자꾸 살피는 시선이 느껴졌다.

그만 자리에서 일어나는데 김해민이 툭 말했다.

"근데 좀 슬프다. 다닌 학교 졸업 앨범에 없다는 거."

"응?"

"나 초등학생 때 그랬거든. 마지막 학교는 6학년 때 전학 가서 1년도 안 다녔는데 원래 다니던 학교가 아니라 그 학교 졸업 앨범에 남는 게 이상했어.”

마지막 학교? 전학이 한 번이 아니었던 건가? 의아하긴 했지만 다시 앉기 뭣해서 간단히 눈인사를 하고는 내 자리로 돌아왔다.

내가 물러나자 기다리고 있었다는 듯 부반장이 책을 들고 쪼르르 김해민에게 갔다. 수학 참고서였다. 하루에도 몇 번씩 문제집을 들고 나를 찾던 부반장은 중간고사 이후로는 나에게 모르는 문제를 묻지 않았다.

책상을 정리하다 김해민 쪽을 슬쩍 다시 돌아보았다. 노트 위에 무언가를 빠르게 풀어 나가는 김해민을 보며 부반장은 감탄하며 연신 고개를 끄덕였다.

학급 회의 때는 김해민이 툭 튀어나온 모난 돌처럼 보였다. 하지만 지금은 내가 길거리에서 사람들에게 차이는 돌멩이가 되어 저 애들을 바라보는 것만 같았다.

아무에게도 할 수 없는 얘기다. 우리 학교엔 나보다 시험을 못 친 아이들이 300명 가까이 있는 거니까. 전교 190등도 아니고 19등이 왜 앓는 소리냐며 비난할지도 모른다. 나도 전교 1등 출신이라는 타이틀이 없었다면, 그 정체성이 없었다면 이번 석차는 그럭저럭 만족스럽게 받아들였을 거다. 내가 모래 중 전교 1등 유지안이 아니었다면. 내가 아니었다면.

전교 1등. 나에게 한동안 가장 큰 자부심이었던 사실이 지금은 나를 가장 짓눌렀다. 나에게서 제일 마음에 들던 부분을 잃어버렸고 심지어 나를 괴롭게 만들고 있으니, 이제 나는 나의 어느 부분에서 위안과 긍지를 찾아야 하는 걸까. 지금 유지안을 이루고 있는 것 중에 그런 게 남아 있긴 할까?

주말인데도 평일과 똑같은 시간에 일어났다. 알람이 울리기도 전에 눈이 저절로 뜨였다. 일찍 일어난 김에 시내 스터디 카페나 갈까. 몽롱한 정신으로 씻고 나오는데 거실에서 빨래를 개던 아빠가 말했다.

"안아. 심심하면 1층 잠깐 내려가 봐라."

"왜? 밑에 바쁘나?"

"아빠 보기에는 아무래도 누구 같은데. 누구인지 도저히 모르겠네."

그게 무슨 말이야? 그냥 지나칠까 했지만 호기심이 귀찮음을 이기고 말았다. 누가 있을지 모르니 최대한 기척 없이 1층 가게로 이어지는 계단을 내려왔다. 손님은 후드를 뒤집어쓴 키 큰 남자뿐이었다. 이 날씨에 웬 후드?

"사장님! 이건 잼이에요?"

빵을 고르던 남자가 물었다. 계산대에 있던 엄마가 세상 친절하게 웃어 보였다.

"그건 유자청. 따뜻한 물에 타서 유자차로 먹어도 되고, 더울 때는 사이다에 얼음이랑 같이 넣고 먹으면 맛있어요."

나를 발견한 엄마가 손짓했다. 나는 느릿느릿 엄마에게 다가갔다.

"니 계산 좀 봐라."

"나 바쁜데. 아빠가 잠깐 가 보라고 해서 온 거다."

"아빠한테 낚였는갑네."

엄마가 놀리듯 말하더니 안쪽 주방으로 가 버렸다.

손님이 얼른 빵을 마저 고르기를 기다렸다. 가게 앞에 정차된 검정 차가 보였다. 한눈에 봐도 좋은 차였다. 아까 엄마한테 묻던 말투를 봐도 그렇고, 서울에서 온 관광객 정도 되어 보였다. 차림이 가뿐한 걸 보니 아마 당일치기일 테고.

빵이 한가득 담긴 트레이를 들고 남자가 계산대 앞으로 와섰다. 후드 아래로 보이는 눈과 마주한 순간, 아빠의 반응이 이해가 되었다.

"헉."

"안녕하세요."

"아. 안녕하세요."

"학생이에요?"

"네."

"와, 부럽다. 저 어릴 때 소원이었어요. 우리 집이 빵집이면 좋겠다고."

분명 내가 알던 목소리 그대로였다. 왜 아까는 못 알아들었지? 자기를 알아본 듯한 내가 반가웠는지 손님이 어쩌고저쩌고 떠들기 시작했다.

하필 빵도 잔뜩 골라서는 계산이 금방 끝나질 않았다. 내가 지금 제대로 하고 있나? 왜 포스기에 유자청이 안 보이지? 혼미해지려는 정신을 붙잡고 드디어 계산을 마쳤다.

"고맙습니다. 다음에 또 올게요."

"그, 저기."

빵 봉지를 품에 안은 K가 나를 돌아보았다.

"그⋯⋯. 응원할게요!"

그 말에 K가 씨익 웃었다. 저 미소도 내가 아는 미소다. 자기가 웃을 때 멋있다는 사실을 아는 사람의 미소.

K의 차가 떠나고 나서야 아빠가 내려왔다.

"테레비 나오는 사람 맞제? 드라마 어디 나왔었노?"

"아빠 에이세븐 모르나?"

"아이세븐? 알지. 가수잖아. 5인조던가?"

팀명에 세븐이 들어가는데 어떻게 5명이냐고. 하지만 이런 걸로 답답해할 시간도 없었다.

"나 좀 나갔다 올게!"

가게를 뛰쳐나와 곧장 수영의 집으로 향했다. 달려가는 동안에도 혹시나 하고 주변을 살폈지만 K의 차는 이미 동네를 떠났는지 보이질 않았다.

대문이 따로 있는 1층 주택인 수영이네 집은 현관을 자주 열어 놓는다. 문을 열고 들어서는데 안쪽 부엌에서 말소리가 들려왔다.

"어차피 시험 친 거 안 됐잖아. 뭐가 그렇게 억울한데?"

"엄마는 지금 그걸 말이라고 하나?"

"그렇게 하고 싶으면 진작에 말을 하지. 더 일찍 시작했으면 뭐가 더 안 나았겠나."

"어차피 보내 주지도 않았을 거잖아."

"그러니까 이제 보내 준다고 했잖아."

"싫다고! 다 늦었다고!"

수영이 악을 쓰듯 외쳤다. 나는 기척 없이 현관을 다시 빠져나왔다.

중간고사를 치러 가지 않은 수영이 무슨 시험에서 안 됐다는 건지, 어디로 보내 준다는 건지. 알 수 없는 공백이 듬성듬성 난 대화였지만 수영이 느끼는 절망은 충분히 알 수 있었다. 어쩌면 이제 늦었다고. 내 좌절과 실패가 더해질수록 나의 선택지는 작아지고 더 나쁜 카드만 집게 될 거라고. 나도 요즘 가장 자주 하는 생각이니까.

복잡해진 기분으로 집에 돌아가긴 싫었다. 그렇다고 딱히 갈 곳도 없어 같은 골목길을 몇 번이나 맴돌았다. 눈을 감고도 다닐 수 있을 익숙한 곳에서 길을 잃은 것만 같았다.

비 예보가 있어 우산을 챙겨 나왔다. 며칠 전 반장이 단톡에 올린 봉사 활동에 신청한 아이들이 해수욕장 주차장에 모였다. 관광지로 유명한 해수욕장들은 섬의 동쪽에 몰려 있었다. 우리 동네에선 버스를 갈아타고 꼬박 한 시간이 걸렸다.

날씨도 궂은 데다 해수욕장 개장 전이라 봉사 활동을 하러 온 학생들 말고는 사람이 없었다. 처음 보는 다른 학교 아이들과 섞여 해변 정화 작업을 시작했다. 해변의 쓰레기는 주워도 주워도 끝이 보이지 않았다.

"지혜 못 온대서 니도 못 오는 줄 알았는데. 나중에 도시락 같이 먹을래?"

반장이 다가오더니 말했다.

"나 그냥 대강 챙겨 왔는데."

"실은 둘이 먹기가 좀 뻘쭘해서."

반장이 멋쩍게 웃었다.

"둘이? 누구?"

반장이 한쪽으로 고갯짓을 했다. 그 끝에 온통 까맣게 입은 누군가가 보였다.

같이 봉사 활동을 신청했던 지혜가 갑자기 못 오는 바람에 나도 어차피 혼자이긴 했다. 안 친한 무리에 눈치 없이 끼여 밥을 먹을 바엔 무던한 반장이랑 먹는 게 낫다. 나는 알겠다며 고개를 끄덕였다.

해변에 흩어져 쓰레기를 줍는 아이들 사이 김해민도 있었다. 이런 봉사 활동에 올 거라고 생각지도 못한 데다, 볼캡을 쓰고 있어서 처음 봤을 땐 김해민인 줄 알아채지 못했다.

김해민은 봉사 활동 내내 이어폰을 꽂은 채 누구와도 대화하지 않았다. 내가 온통 시커멓게 입고서는 귀까지 막고 있으면 애들이 다가와 무슨 일 있냐며 물어 댔을 텐데, 김해민이 저러고 있으니 하나도 이상하지 않아 보였다.

오전 일과가 지나고 점심 겸 자유 시간이었다. 나와 반장, 김해민은 해변 끝 그늘진 곳에 자리를 잡았다. 나눠 준 비닐을 대강 깔고 앉으니 정면으로 바다가 보였다.

아침에 편의점에서 산 샌드위치를 열었다. 김해민은 가방에서 생수와 에너지바 두 개를 꺼냈다. 반장이 조금 황당하다는 듯 말했다.

"너희 다이어트 하나?"

나는 고개를 저었다. 김해민은 대꾸 없이 에너지바 포장을 뜯었다.

"이거 같이 먹자. 어차피 혼자 다 못 먹는다."

반장이 김밥이 차곡차곡 담긴 도시락을 내밀었다. 얼핏 봐도 세 줄은 넘어 보였다. 샌드위치를 반만 먹고 반장의 김밥을 함께 먹었다. 김해민은 몇 알 집어 먹더니 나중에는 손을 대지 않았다. 반장과 내가 학교 숙제나 날씨 얘기처럼 싱거운 대화를 하는 동안에도 김해민은 듣기만 했다.

비구름이 몰려오는지 하늘이 어두워졌다. 그와 맞닿은 바닷물도 평소보다 짙은 색이었다. 김해민은 밀려 들어온 바닷물이 모래사장에 자국을 남기며 다시 멀어지는 모습을 말없이 지켜보았다. 바다는 단 한 번도 같은 모습으로 밀려오지 않고 번번이 새로운 흔적을 남겼다. 그게 신기한지 김해민은 하염없이 바다를 바라보았다. 정말 하염없이.

다행히 빗방울이 떨어지기 전에 봉사 활동을 마쳤다.

옥포동에 사는 반장이 먼저 버스에서 내리고, 터미널까지 김해민과 둘이 왔다. 두 칸 앞에 앉은 김해민은 여전히 이어폰을 꽂은 채 창밖만 보고 있었다. 그 모습을 보는데 아까 반장과 둘이 쓰레기를 주우며 나눈 대화가 떠올랐다.

"반장이라고 굳이 나서서 안 챙겨 줘도 될걸. 쟤는 혼자가 편해서 저러고 다니는 거니까."

그게 내가 김해민에 대해 내린 결론이었다. 나와 둘이 있을 때 궁금한 걸 다 묻고 딱히 말을 가리지 않는 걸 보면 성격이 소극적이거나 친구를 어려워하는 타입은 분명 아닌 듯했다.

"유자 니 보기보다 냉정하네."

반장이 재밌다는 듯 말했다. 나도 동의하는 바라 별로 기분 나쁘진 않았다.

"일부러 챙기는 건 아닌데."

"그럼 뭔데? 둘이 친하지도 않잖아."

“그냥 좋아 보여서. 뭔가 가뿐해 보인다고 해야 하나.”

반 애들을 잘 화합시키는 게 반장의 일일 텐데, 단체 활동을 대놓고 거부한 김해민을 좋게 본다는 게 좀 의외였다. 끝도 없이 널브러진 쓰레기를 주우며 생각했다. 가뿐하다는 말의 의미가 무엇인지.

그러고 보니 김해민은 서울에서 온 전학생이라는 것 말고는 다른 타이틀이 없었다. ‘누구누구 친구’라는 정체성이 없으니 교실 안 무리의 미묘한 이해관계에서도 얼마든지 벗어날 수 있었다. 철없고 어린 시절의 실수나 ‘흑역사’가 꼬리표처럼 따라붙는 일도 없었다. 그 시절을 여기에서 보내지 않았으니.

터미널에서 내리자 김해민이 말했다.

“버스 타는 건 괜찮나 보네.”

좀 잊으면 좋을 텐데 그걸 여태 의식하고 있던 모양이었다. 내가 대답하지 않자 김해민이 덧붙였다.

“해변 봉사 활동은 처음인데 좋더라.”

큰 태풍이 지나갈 때마다 마을이나 학교 봉사 활동으로 하는 게 엉망이 된 해변을 복구하는 작업이었다. 나도 처음 바다에서 봉사 활동을 했을 때는 재밌어했던가? 오래전 일이라 기억나지 않았다.

“앞으로 실컷 할걸? 섬이니까 당연하지. 다른 도시면 봉사 활동 할 만한 데도 훨씬 많고 다양할 텐데.”

어쩐지 말이 삐딱하게 튀어나왔다.

“40번 타면 너희 동네 한 번에 가?”

“어.”

“너희 가게 놀러 가도 돼? 지금 말고 내일쯤.”

뭐라고? 황당해서 말도 나오지 않았다. 근데 얘는 우리 집이 빵집인 걸 어떻게 알았지?

같은 학교 아이들이 우리 가게에 오는 거야 늘 있는 일이었다. 유명 빵집에 빵을 사러 오겠다는데 그 집 딸이랍시고 못 오게 막을 권리는 없었다.

“맘대로 해라.”

“응. 내일 연락할게.”

나는 뒤돌아 가는 김해민을 멍하게 바라보았다. 아무래도 김해민은 나와 자기가 친하다고 착각하는 게 분명하다.

어젯밤부터 내리기 시작한 비가 이어졌다. 휴대폰을 방에 두고 오전 일찍 가게에 내려가 일을 돕는 바람에 연락을 확인하지 못했다. 김해민은 점심을 조금 넘긴 시각에야 우리 가게에 등장했다.

나는 얼른 유자 빵 여덟 개 세트를 들이밀었다.

“이거 해라. 다들 이거 먹는다.”

“왜? 좀 더 볼래.”

“그래. 천천히 보고 오래 있다가 가도 된다. 알았제?”

옆에서 엄마가 끼어들었다. 김해민의 서울 말투 때문인지 아까부터 엄마는 흥미롭다는 눈으로 나와 김해민을 번갈아 보았다.

김해민이 사양하는데도 엄마는 김해민이 고른 것 말고도 빵을 이것저것 한가득 넣어 주었다. 그리고 유자 빵 세트 가격만 계산했다. 아는 애가 올 때마다 저렇게 퍼 주면 뭘 어쩌자는 건지.

엄마가 괜히 이상한 걸 묻기 전에 김해민을 데리고 가게를 빠져나왔다. 비 오는 골목을 지나 마을 정류장에 도착했다.

우리 마을 입구 정류장엔 안내 전광판이 따로 없다. 휴대폰을 들여다보던 김해민이 물었다.

"앱에는 버스 뜨는데. 이거 오고 있는 거 맞아?"

"아니. 시내 나가는 버스는 정각에만 지나간다."

참고로 택시 부르면 시내까지 만 원 넘게 나올걸, 그 말을 덧붙이려다 알아서 하겠지 싶어 말았다. 극악무도한 배차에 놀랄 줄 알았더니 김해민은 오히려 잘됐다는 듯 말했다.

"그럼 나 여기 구경할래."

"야, 비 오는데 무슨."

"어차피 여기는 걸핏하면 비 오잖아."

"지금 초여름이라 그런 거지."

"그게 아니라. 거제가 원래 연 강수량이 높잖아."

김해민이 우산을 펼쳤다. 하는 수 없이 방파제 방향으로 걸어가는 김해민을 뒤따랐다. 밤새 이어진 비에 바닥은 엉망이었다. 김해민의 하얀 운동화도 진흙으로 금세 더러워졌다.

"항구 가는 거 맞제? 거기 볼 거 하나도 없다."

"너는 맨날 보니까 그렇지."

"나 맨날 안 보거든?"

길목의 횟집들은 모두 불이 꺼져 있었다. 마치 개발을 앞두고 사람들이 모두 떠나 버린 동네처럼.

깨진 소주병. 바퀴가 하나 빠진 채로 쓰러진 폐자전거. 길에는 누군가 버리고 간 것들만 널려 있는 듯했다. 반짝거리거나 살아 움직이는 것들은 어쩐지 하나도 눈에 띄질 않았다.

인적 없는 항구에 도착했다. 김해민은 형체를 알 수 없는 쓰레기들이 둥둥 떠오른 바다를 물끄러미 바라보았다.

"봐 봐. 별거 없잖아. 비 와서 더 난리 났다."

맨발에 급하게 신고 나온 슬리퍼는 이미 축축했다. 젖어 버린 신발처럼 내 기분도 눅눅히 가라앉았다. 이래서 비 오는 날이 싫다. 비 오는 바다는 더더욱.

김해민이 휴대폰을 꺼내 맞은편으로 보이는 섬을 찍었다. 수면 위로 몸을 3분의 1쯤 내민 고래 형상을 닮은 아주 작은 섬이었다.

그렇게 볼 것도 없는 바다 구경을 마치고 다시 정류장으로 돌아왔다. 김해민이 가방에서 물티슈를 꺼내더니 나에게 내밀었다.

"뭔데."

"빗물 닦으라고. 팔에 묻었어."

"이런 것도 들고 다니나?"

"아까 터미널에서 누가 나눠 주는 거 받았어."

"난 그냥 집에 가서 닦을래."

"그래, 그럼."

김해민이 물티슈를 뽑아 옷과 팔에 묻은 물기를 닦기 시작했다. 어차피 또 젖을 건데 참 열심히도 닦네, 생각하며 보고 있는데 맞은편 정류장에서 버스가 정차하더니 누군가 내렸다. 내가 아는 우산이다. 우산의 주인이 건널목을 건너 다가왔다.

"유자?"

"여기 우리 반 김해민. 빵 사러 왔대. 얘는 내 친구 수영이."

"안녕."

수영의 인사에 김해민이 고개를 끄덕였다.

"어디 갔다 오는데?"

"나 장평에. 영화 보러."

"아, 맞다. 얘도 영화 좋아하는데."

수영이 네가? 하는 듯한 눈으로 김해민을 훑었다. 그러고는 자기 휴대폰 화면을 보여 주며 이 영화를 봤냐며 묻자 김해민이 봤지, 하고 대답했다. 아주 당연하다는 듯.

버스를 기다리는 동안 둘은 나를 사이에 두고 앉은 채 영화 얘기를 계속했다. 나에게는 생소한 제목과 감독들의 이름을 두 사람은 바로바로 알아들었다. 아무리 수영이 낯가림이 없다지만 처음 만난 데다 말수도 적은 김해민과 공백 없이 대화가 이어진다는 게 놀라웠다. 수영이 저렇게 신나서 떠드는 모습을 본 게 언제였더라, 생각하고 있는데 버스가 도착했다.

김해민이 버스에 올랐다. 멀어지는 버스를 지켜보다 말했다.

"쟤가 걔다. 교지 갖다 준 애."

"그럴 거 같더라."

"왜? 어떻게?"

"그냥. 편집부 하게 생겼다고 해야 하나."

"번호 알려 줄까?"

"무슨? 쟤 번호를? 아니!"

수영이 질색했다.

"왜? 친구 하면 좋잖아. 대화도 잘 통하던데."

"전혀. 나를 아는 인간이 더 생기는 것도 싫고. 다 귀찮다."

지긋지긋하단 얼굴이었다. 방금 김해민과 영화 얘기를 나누면서 잠깐 보였던 활기는 금세 사라지고 없었다.

수영의 숙려제 기간도 다음 주면 끝이었다. 수영이네 반장이 말했던 상담은 꼬박꼬박 나갔지만 다녀오고 나서도 무슨 대화를 했는지, 상담 선생님은 어떤지 하는 얘기들을 아예 입에 올리지 않았다. 그렇게 상담소에 가는 것 말고는 종일 자기 방에 틀어박혀 있거나 오늘처럼 시내에 잠깐 다녀오는 걸로 수영은 하루하루를 지워 가고 있었다.

도대체 뭐가 맨날 저렇게 지긋지긋하고 귀찮고 지겨울까.

답답한 마음이 울컥 솟았다가도 한편으로는 그 심정을 나도 알 것 같았다. 비 오는 바다와 고래섬을 보면서 내가 느낀 기분. 그와 비슷하지 않을까?

수영과 헤어져 집으로 돌아왔다. 내 표정이 별로였는지 엄마는 아무것도 묻지 않았다. 진흙으로 더러워진 발을 씻고 나와 책상 앞에 앉았다.

인강을 보는 동안에도 빗소리는 계속되었다. 창문을 열었다. 내 방에서 내려다보이는 우리 동네는 회색 필터를 씌운 듯 흐리고 우울하기만 했다.

수업이 끝나고 혼자 교문을 나서다가 헛것을 본 줄 알았다. 맞은편 인도에 수영이 교복을 입고 서 있었다.

"유자. 너거 학교 애들은 원래 좀 유난스럽나? 다른 교복이 라고 엄청 쳐다보더라."

나를 보자마자 수영이 툴툴거렸다.

"나 기다린 거?"

"당연하지."

"니 학교는?"

"얘기 안 했나? 나 어제부터 학교 나갔는데."

수영의 학교에서 우리 학교까지는 버스로 30분은 걸린다. 마치고 곧장 와도 나를 기다리고 있기엔 빠듯했다. 내 의문이 얼굴에 드러났는지 수영이 덧붙였다.

"오늘은 오전만 있다가 나왔다."

"그럼 지금까지 어디 있었는데?"

"뭐 여기저기."

수영이 일단 여기를 벗어나자며 나를 이끌었다. 학원 보강이 있는 날이지만 수영에게는 학원에 가지 않는 날이라고 둘러댔다. 엄마에게 메시지를 보냈다. '수영이랑 고현 왔다. 수영이가 학교로 찾아옴. 학원은 못 갈 듯. 엄마 미안!'

수영이 급식 시간 전에 나와서는 여태 아무것도 안 먹었다길래 시장 분식집에 가 라볶이와 김밥을 시켰다. 중학생 때도 시내에 나오면 매번 들르던 곳이었다. 이렇게 있으니 같은 학교에 다니던 중학생 때로 잠깐 돌아간 듯했다.

분명 그때도 나름의 고민이 있었을 텐데. 인간의 마음이란 참 간사해서 조금만 지나도 그걸 다 잊어버리고 그때가 좋았는데, 하고 한탄하게 된다. 나중에 입시 지옥에 갇힌 고3이 되면 오늘을 떠올리며 전교 20등 안에라도 아슬아슬하게 들었던 그때가 좋았지, 하고 있으려나.

라볶이를 다 먹고 나와 코인 노래방에 갔다. 수영이 고른 노래 중에 에이세븐의 신곡이 있었다. 그제야 나는 미루고 있던 K 얘기를 꺼냈다. 얼마 전에 우리 가게에 K가 다녀갔다고, 내가 살면서 본 성인 남자 중에 제일 얼굴이 작았다고. 수영은 왜 그때 바로 말하지 않았냐면서 흥분했다. 나는 그냥 어색하게 웃기만 했다.

수영과 함께 터미널에서 우리 동네로 돌아가는 버스를 탔

다. 어느 정류장에서 손수레에 장거리를 가득 담은 할머니들
이 연이어 승차했다. 교복 차림은 맨 뒷자리에 나란히 앉은 우
리 둘뿐이었다.

집으로 돌아가려니 잠깐 묻어 두었던 고민들이 다시 떠오른
걸까. 굳은 얼굴로 창밖만 보던 수영이 말을 꺼냈다.

"학교 가니까 애들이 엄청 티 나게 잘해 주는 거 있제."

그중엔 수영이네 반장도 있겠지. 반장과 내가 만난 건 아직
비밀이었다.

"근데 난 그게 불편하고 싫더라."

"왜?"

"애들이 내 눈치 보는 것 같아서. 그러니까 내가 더 못 올 데
온 것 같고 그렇더라고."

"……."

버스 안에선 라디오 소리만 울렸다. 광고 끝에 익숙한 배우
들의 목소리가 나왔다. 첫 방영을 앞둔 드라마를 소개하는 내
용이었다. 가만히 듣고 있던 수영이 말했다.

"우리 전에 본 드라마 있잖아. 재밌길래 작가 더 찾아봤거
든. 근데 그전에 집필한 드라마는 방영 도중에 배우 학폭 터졌
었다? 사람들이 조기 종영하라고 서명하고 그랬대."

유기견 논란이 일었던 드라마의 작가를 말하는 모양이었다.
학폭 배우? 누구지? 하는 의문이 들다 말았다. 그런 일이야 워
낙 많으니.

"그런 게 작가 잘못은 아니잖아. 근데 자꾸 논란 터지고 드라마 흥행이 안 되니까 아예 망드 작가라고 인식이 박혔는지 사람들이 엄청 비웃는 거 있제."

"그 사람들이 이상한 거지. 그러다 좀 지나면 잠잠해진다."

"아닐걸. 다들 그런 건 되게 잘 기억하잖아. 누가 실수하고, 잘 안 되고, 그런 거."

어느덧 동네에 도착했다. 버스에서 내려 말없이 걷다가 파란 대문 앞에 이르렀다.

"오늘 재밌더라. 다음에도 이렇게 또 놀자."

"그래."

모처럼 둘이 놀았는데 마무리가 이렇게 울적하다니. 풀이 죽은 뒷모습을 보니 내가 다 심란했다. 심지어 망드 작가라고 욕먹는 생판 남에게까지 이입하는 걸 보니 더더욱.

등교를 다시 시작해서 다행이라고, 잘했다고 다독여 주지 못한 것도 마음에 걸렸다. 오늘은 오전 동안 버텼으니까 내일은 점심까지 먹고 한 교시만 더. 그다음 날엔 거기서 또 한 시간만 더. 그런 식으로 조금씩 익숙해지다 보면 어느새 교실에 섞여 들 수 있을 텐데. 내가 아는 고수영이라면 얼마든지 할 수 있을 텐데. 내가 너무 쉽게만 생각하는 걸까?

저녁을 먹고 가게로 내려오니 낯익은 강아지가 나를 보며 꼬리를 흔들었다.

“순댕아!”

“아이고. 지안이 니가 올해 벌써 고등학생이라매?”

“네. 안녕하세요.”

장평 아줌마와 엄마는 오랜만에 가게 한쪽에서 커피를 홀짝이며 수다 삼매경에 빠졌다. 그 옆에 쪼그려 앉아 순댕이의 등과 배를 열심히 긁어 주었다. 만족스러운 듯 눈이 가늘어지는 순댕이를 구경하고 있는데 엄마와 아줌마의 대화가 귀에 들어왔다.

“친정 쪽 조카라고 했제? 원래 집은 어딘데?”

“지는 서울에서 있고, 즈그 엄마는 청주에.”

“청주? 어쩌다가 여기까지 왔노.”

“여기 집도 하나 비어 있다 하고 겸사겸사. 대학교 가면서부터 내리 나가 살아서 지가 청주 산 건 얼마 안 된다. 그래도 서울로 취직했다고 즈그 엄마가 얼마나 좋아했는데, 저래 틀어박혀 있으니.”

“서울살이가 어디 쉽겠나.”

서울에서 온 조카라면…… 혜현 언니를 말하는 건가? 추측하며 듣고 있는데 엄마가 말했다.

“반찬 좀 갖다 주고 해야겠다.”

“어휴, 됐다. 안 그래도 지 온다길래 내가 아침에 가서 국이랑 해서 냉장고 채워 놨다. 점심에는 고현 나가서 둘이 멍게 비빔밥 한 그릇씩 묵고.”

"언니가 다시 왔어요?"

갑자기 끼어든 내 말에 장평 아줌마의 눈이 커졌다.

"혜현이 아나?"

"오다가다 봤겠지. 전에 보니까 수영이랑 개도 데리고 다니더만."

"잘됐네. 지안이랑 수영이, 강아지 좋아하제. 둘이 놀러 가고 해라. 언니 안 심심하게."

엄마와 아줌마는 다시 대화 주제를 바꿔 수다를 이어 갔다. 아빠의 부름에 2층에 다녀온 사이 장평 아줌마와 순댕이는 떠나고 없었다.

"엄마. 순댕이네 집에 그 서울 언니 있잖아. 무슨 일 하는데?"

"몰라. 어디 회사 다녔겠지."

"설마 회사 관두고 온 건 아니제?"

"자꾸 엄마한테 묻지 말고 가서 물어봐라. 아는 사이라매."

엄마는 매대를 정리하느라 여념이 없었다. 옆에서 엄마를 돕는데 뜬금없이 역사 시간에 배운 내용이 떠올랐다. 한국사 교과서에 유배지로 자주 등장하는 게 바로 거제였다. 그 시대야 그랬다고 쳐도, 21세기의 서울 시민인 혜현 언니가 이곳을 찾은 연유를 듣게 되니 썩 유쾌하진 않았다.

바로 작년에 있었던 일이다. 음주 운전으로 물의를 일으킨 어느 유명인이 은퇴를 선언하고 은둔해서 지낸 곳도 이곳이었

다. 그렇게 사회적으로 매장당할 위기에 처한 사람들이 연고
도 딱히 없을 거제로 찾아와 잠잠해지길 기다렸다가 다시 슬
그머니 매체에 등장하는 일을 여럿 보았다. 여기가 은신처라
도 된다는 걸까?

“그거 텃세 아냐?”
먹던 아이스크림이 목에 걸릴 뻔했다. 기침을 뱉어 내는 내
등을 향해 김해민이 손을 올리다 멈칫했다. 두드리면 죽는다,
하는 눈빛으로 쏘아보니 김해민의 팔이 조용히 내려갔다.
“야, 어제도 우리 집 반찬 나눠 주고 왔구만 텃세는 무슨.”
“응. 그 말은 심했다. 미안.”
김해민과 둘이 아이스크림 가게에 갈 엄두가 나지 않아 우
선 매점 아이스크림으로 퉁칠 생각이었다. 한 세 번 정도 사면
되겠지. 이런 내 속마음을 알 리 없는 김해민은 바닐라 맛 콘
아이스크림을 맛있게도 먹었다.
“요즘엔 한 달 살이 그런 거 많이들 하잖아. 비슷한 거 아
냐?”
그러게. 그냥 힐링하러 왔다고 하면 이상할 게 하나도 없는
데 말이다. 김해민 말대로 내가 텃세라도 부리는 걸까? 하지만
평생 살아온 동네에 ‘은둔’, ‘칩거’, ‘도피’ 같은 단어가 따라붙
는 걸 반가워할 사람이 몇이나 될까?
“닌 서울에서 내내 살다 와서 무슨 마음인지 모를걸. 거긴

워낙 넓고 사람이 많으니까.”

“나 서울에서만 산 거 아닌데. 계속 옮겨 다녔어.”

“진짜? 어디 어디 살았는데?”

흐음, 하고 작게 한숨을 내쉰 김해민이 도시 이름들을 나열했다. 넌 무슨 이사를 전국구로 다녔어? 왜? 물으려다 말았다. 그런 건 보통 우리 의사가 아니라 가족의 일일 테고, 나에게 김해민의 가족 얘기까지 알아도 되는 자격은 없으니.

어찌 됐든 김해민은 대학생쯤 되면 다시 서울로 돌아가겠지. 여기도 결국 김해민이 살면서 거쳐 간 많은 도시 중 하나가 될 테고.

아이스크림이 녹아 똑똑 흐르기 시작했다. 그걸 본 김해민이 정색했다.

“손에 다 묻잖아. 얼른 먹어.”

“야! 나중에 손 씻으면 된다이가.”

내가 같은 반 애한테도 잔소리를 들어야 하나? 더 쏘아붙이고 싶었지만 참고 다른 얘기를 꺼냈다.

“근데 영화 그렇게 좋아하면서 왜 전공할 생각은 없어?”

“보는 거랑 만드는 건 다르니까. 난 그냥 보는 게 좋아.”

“보다 보면 만들고 싶어지지 않나?”

창작자의 인터뷰마다 자주 나오는 얘기였다. 어느 영역에 처음 빠져들게 된 순간을 떠올리며 반짝거리는 눈빛들을 보면서 생각했다. 좋아하는 마음이 긴 시간 이어지고 또 깊어지면 결국엔 저렇게 닿고 싶어지는구나, 하고.

"너 블로그 해?"

김해민이 물었다. 나는 곧장 고개를 내저었다. 인스타도, X 도 아니고 블로그? 하지만 어쩐지 김해민답다는 생각이 뒤이었다.

김해민이 자기 블로그 주소라며 링크를 보냈다. 하굣길 버스 안에서 블로그에 들어가 보았다. 첫 게시글은 지난겨울에 올린 눈 사진이었다. 인터넷에서 저장한 사진이려나 했는데 자세히 보니 내가 아는 거리였다. 언제인지도 알 수 있었다. 작년 겨울 동안 눈이 쌓일 만큼 내린 날은 딱 하루였으니까.

게시판 제목은 1부터 4까지의 숫자였다. 1은 영화 감상을 올리는 게시판. 2는 스크랩한 잡다한 정보들. 3은 아무 코멘트 없이 사진만 올리는 곳. 그리고 4는 텅 비어 있었다.

1에 올라온 포스트들을 정독했다. 김해민의 감상은 특이점이 있었다. 영화 리뷰라면 당연하게 들어가는 영화 정보나 줄거리 설명 같은 것들이 없었다. 자기 인상만 적어 놔서 어떤 감상문은 일기에 가까워 보였다.

게시판 3 속 사진을 둘러보다 멈칫했다. 모두 내가 아는 장소였다. 도시 곳곳을 찍은 사진들 사이 우리 동네도 있었다. 성긴 빗소리가 이어지던 날, 내 눈에 자꾸 밟히던 우울과 처량함이 김해민의 사진 속에선 보이지 않았다.

그날 나는 고래섬을 바라보던 김해민의 모습이 내심 거슬렸다. 유명한 관광지나 해수욕장도 아닌 그냥 동네 바닷가인데 저렇게까지 구경할 필요가 있나, 하는 마음이었다.

하지만 지금 생각해 보니 그날 내가 느낀 감정은 부러움이었다. 특별할 것도 없는 바다를 보며 저렇게 감상에 빠질 수 있다는 것이. 나에겐 더 이상의 궁금증이나 기대가 일어나지 않는 이 도시에서 의미 있고 반짝이는 것들을 찾아내는 그 눈이 부러웠다.

이곳이 김해민에겐 어떤 의미일까? 문득 궁금해졌다. 나에겐 한 번도 던져 본 적 없는 질문이었다.

중간고사의 여파에 이리저리 휘청이는 사이 5월이 지났다. 그만큼 다음 시험은 하루하루 가까워지고 있었다.

체육 대회를 비롯한 학교 행사들이 흘러가고, 이번엔 담임과의 면담이었다.

"지안이는 중학교 성적이 워낙 좋았으니까 꾸준히 하면 금방 오를 거고. 유지만 잘해도 인서울은 문제없겠는데?"

선생님이 너그러운 목소리로 말했다. 나는 목표 대학이나 학과를 적어 내지 못했다. 그런데도 내가 인서울을 원할 거라고 예상하는 게 당연해 보이면서도 동시에 의아했다.

내가 무어라 대답하지 못하자 담임이 다른 얘기를 꺼냈다.

"그나저나 통학이 힘들어서 어떡하니."

"괜찮아요. 할 만해요."

이렇게 어른들 앞에서는 마음에 없는 소리가 줄줄 나온다.

"그래. 하고 싶은 전공은 생각해 봐. 생기부 관리도 해야 하니까."

"저는 나중에 수능 점수 나오면 거기 맞춰서 갈 거예요."

"그래도 더 하고 싶은 게 있을 텐데."

"미리 정해 봤자 못 가게 될 수도 있잖아요. 도중에 마음이 바뀔 수도 있고요."

통학이 견딜 만하다는 말은 둘러댄 말이었지만 이건 진심이었다.

대학 원서를 넣으려면 2년은 남았는데 왜 벌써 전공을 정해야 하지? 일찍 준비를 시작하는 것도 좋지만, 하나의 방향을 선택한다는 것은 나머지 가능성과는 멀어지는 일 아닌가? 다른 애들은 그게 두렵지 않은 걸까?

모두가 비슷한 것을 선망하는 만큼 그걸 성취할 수 있는 사람은 한정되어 있다. 아무리 애써도 누군가는 실망하고 좌절할 수밖에 없다. 이 세상이 애초에 그렇게 만들어져 있으니까. 엄마 아빠가 젊었을 때는 노력, 간절함 같은 단어가 지닌 힘이 있었다면 지금은 아니었다. 그렇다면 처음부터 아무것도 갈망하지 않는 게 안전하지 않을까?

"그럼 다시 방향을 설정해서 거기 맞는 준비를 하면 되지."

그게 뭐 대수니,라고 말하는 듯한 얼굴이었다. 그럼 여태 쌓은 탑을 부수고 처음부터 다시 시작해야 하는 거잖아요. 저는 그러기 싫어요. 속으로만 대답했다. 나는 선생님이 안심할 만한 미소를 지어 보이곤 교무실을 빠져나왔다.

가족들은 모두 잠든 토요일 밤. 컴퓨터 모니터 앞에 앉았다. 화면 속 숫자가 '9:59'에서 '10:00'으로 바뀌었다. 재생 버튼을 누르려는데 채팅방 메시지가 떴다.

수영　　잠시만
수영　　나 엄마가 말 걸어서 타이밍 놓침
수영　　10시 5분에 재생하자

그래, 하고 답장을 보냈다. 'ㅇㅇ' 하는 김해민의 메시지가 이어졌다. 5분을 때우기가 심심해서 김해민에게 뭘 하다 왔는지 물었다.

해민　　가족이랑 등산하고 와서 쉬고 있었어
　　　　　　　　　　　　　　　　　　　　어디?
　　　　　아아 계룡산? 그 시내 쪽에 있는 거 맞제
해민　　아니
해민　　노자산

노자산이면 김해민네 집에서 멀지 않나? 인터넷 창을 열어 노자산을 검색했다. 케이블카, 가을 단풍. 익숙한 키워드 사이

팔색조가 눈에 띄었다.

오

노자산에 가면 팔색조를 볼 수 있대

해민 응 그렇대

본 적 있나?

해민 아니 아직

그사이 수영이 대화창에 나타났다.

우리 셋은 약속한 대로 같은 시간에 똑같은 영화를 재생했다. 컴퓨터 모니터로는 영화를 띄워 놓고 태블릿으로 두 사람과 채팅을 했다. 영화를 보다가 할 말이 생기면 한마디씩 하는 식이었다. 영화를 감상할 거면 각 잡고 집중해서 보는 게 낫지 않나, 했는데 나름의 재미가 있었다.

발단은 김해민의 블로그였다. 어느 영화 리뷰를 보고 궁금해져서 김해민에게 어디서 볼 수 있는지 물었더니 마침 우리 언니와 함께 구독하는 OTT에 있다고 했다. 시간이 나면 보겠다고 하자, 김해민이 반색하더니 자기도 재탕하고 싶다며 각자 집에서 시간을 정해 동시에 보자고 제안했다.

그렇게 영화 한 편을 보고 났더니 김해민이 다른 영화를 추천했다. 시간을 또 정해 같은 방식으로 보자면서. 저번에 만난 내 친구 불러도 되나? 재밌어할 거 같은데. 내가 묻자 김해민은 바로 알겠다고 했다. 그렇게 토요일 밤 10시의 비대면 영화 모임이 만들어졌다.

조건은 길이가 120분을 넘지 않는 영화 위주로 고르기. 처음엔 나 같은 고등학생이 매주 영화를 본다는 게 사치처럼 느껴졌는데 일주일에 두 시간이라고 생각하니 부담이 덜했다. 사실 뭘 하든 통학에 쏟아붓는 시간에 비하면 아무것도 아닐 거다.

영화는 중반부에 이르렀다. 끝없이 펼쳐진 수선화 꽃밭에서 두 주인공이 나오는 장면이었다. 조용하던 김해민이 말했다. '이 장면이 다시 보고 싶어서 이거 보자고 했어.'

뭐라고 답할까 하다 영화에 집중하고 싶어 답장하지 않았다. 조금 지나 수영의 메시지가 떴다.

수영　난 전에 이 감독 작품 보고 처음으로 그런 생각 했었음
수영　영화 미술 해도 재밌을 것 같다고

영화 미술? 수영이 영화를 좋아하고 그림에 소질이 있는 줄은 알았지만 저건 처음 듣는 얘기였다.

해민　그럼 미술이랑 영화 중에 뭘 전공하는 게 더 나아?
수영　아마도 영화?
수영　근데 내가 가고 싶은 건 미대라서 보류했지

그 또한 몰랐던 얘기였다. 영화 속 세상에 빠져 있다가 돌연 익숙한 내 방 안으로 훅, 차원 이동이라도 한 듯했다.

해민　회화?
수영　아니 ㅋㅋ 디자인
해민　멋지네
해민　입시 미술도 해?

누군가 대화창 화면에 대고 일시 정지 버튼을 누른 것만 같았다. 짧은 정적 끝에 새로운 메시지가 올라왔다.

수영　아니
수영　실은 부산에 예고 시험 쳤다가 떨어짐
해민　아 그랬구나
해민　부산에 예고가 있어?
수영　있지 ㅋㅋ

어릴 때 수영과 같은 미술 학원에 다닌 적이 있다. 어떻게 같은 대상을 보고도 나와 다르게 그릴 수 있는지, 자기가 구상한 그대로 무언가를 뚝딱뚝딱 그려 내는 수영을 보면 늘 놀라웠다. 수영은 도 미술 대회에 학교 대표로 나가서 상을 타기도 했다. 그런데도 나는 예상하지 못했다. 수영이 진지하게 미술을 하고 싶어 할 거라고.

두 사람의 대화는 다시 영화 얘기로 돌아왔다. 나와 같은 화면을 보고 있을 수영의 모습을 떠올려 보았다. 좋아하는 조명을 켜 놓고 무릎을 모으고 앉아 진지하게 화면을 보고 있을 그 모습을. 나에겐 한 적 없는 얘기를 뜬금없이 툭 꺼내 놓은 그 마음도 애써 헤아려 보았다. 서로 얼굴을 보고 있지 않아서, 자신의 전사를 알지 못하는 적당히 낯선 누군가와 하는 대화라서 오히려 더 솔직해질 수 있었던 걸까.

자정을 약간 넘겨서 영화가 끝났다. 컴퓨터를 끄고 자리에 누웠다. 영화가 끝나기 조금 전에 수영이 보냈던 개인 톡을 다시 열어 보았다.

쪽팔려서 얘기 못 했어. 미안

그게 뭐가 쪽팔린다고

암튼 맘고생했겠다

수영은 아무 대답도 하지 않았다. 내가 진짜로 하고 싶은 말은 저게 아니라는 걸 눈치챈 걸까?

오늘도 혜현 언니에게 반찬을 나눠 주러 왔다. 언니는 부엌 식탁에 노트북과 종이 더미들을 펼쳐 놓고 무언가를 하고 있었다.

나를 본 언니는 갑자기 싱크대로 가 분주해지더니 잼을 바른 빵을 내어 왔다. 한눈에 봐도 우리 빵집에서 파는 기본 식빵이었다.

"심심해서 살구 잼 만들어 봤거든. 나중에 집에 가져가."

혜현 언니는 우리 집 반찬을 그냥 받는 법이 없었다. 낮에 시장에 가서 사 왔다며 떡이나 과일 같은 것들로 꼭 보답했다. 언니가 그럴수록 이웃이 아니라 이방인답게만 보였다.

내가 식탁에 앉아 빵을 먹는 동안 언니는 호두 밥을 챙기러 거실로 갔다. 익숙한 맛의 빵을 씹어 먹다가 식탁 위 서류들을 보게 되었다. 어느 지역 귀농 청년들의 주거 실태와 지역 공동체를 다룬 논문이었다. 이런 걸 왜 조사하는 거지?

"여기로 이사 올 계획이에요?"

언니가 돌아보았다.

"아, 그거. 궁금해서 찾아봤어."

"이게 왜 궁금한데요?"

"나는 모르는 삶이잖아."

그러고 보니 혜현 언니는 처음 만난 날에도 요즘 고등학생들은 어떤지 이것저것 물었다. 잘 모르는 동네 학생들인 우리에게 딱히 다른 할 말이 없어서 그러는 줄 알았는데 진심으로 궁금했던 건가?

자세히 읽지 않으려고 했는데, 언니도 별로 개의치 않는 듯 보여서 종이 더미에 자꾸만 눈길이 갔다. 신문 기사와 논문을 출력한 종이들 틈에 노트가 보였다. 거꾸로 있는 데다 흘려 써서 알아보기 어려운 글자들 사이 크게 동그라미를 친 이름 두 개가 보였다. 한혜. 서욱.

"어?"

분명 들어 본 이름이다. 하나씩만 봤다면 몰랐을 텐데 두 이름의 조합이 익숙했다. 우리 학교에 저런 애들이 있었나?

기억을 헤집고 있는데 언니가 호두를 데리고 다가왔다.

"왜 수영이는 같이 안 왔어?"

"가족들이랑 남부면에 있는 외할머니댁 갔어요."

남부면이 어디쯤인지 설명해 줘야 하나, 고민하고 있는데 언니가 눈을 반짝였다.

"대박. 나 오늘 거기 갈까 하고 있었는데."

"남부를요? 여기선 먼데."

"호두한테 새로운 바다도 좀 보여 주려고."

함께 가자는 혜현 언니의 제안에 나도 동행하게 되었다. 언니가 운전하는 차를 타고 한참을 달렸다. 두동터널, 200m. 파란색 표지판이 보이는 순간 흡, 하고 숨을 들이마셨다. 마음의 준비를 할 사이도 없이 차가 터널에 진입했다. 나와 뒷자리에 나란히 있던 호두가 내 무릎 위로 와 앉았다. 눈을 감고 호두의 심박에만 집중하는데 주변이 환해지는 듯한 느낌이 들었다. 천천히 눈을 뜨니 어느새 터널 밖이었다.

그렇게 도착한 곳은 신선대였다. 신선이 놀고 간 자리라는 뜻의 신선대.

"지안이 넌 여기 자주 와 봤지?"

"어릴 때 몇 번요. 중학생 이후로는 안 와 봤어요."

"정말? 난 이 정도 거리면 달에 한 번은 올 거야."

나무 덱으로 된 산책로를 호두와 함께 걸어가며 언니는 내
내 감탄했다. 깎아 놓은 듯한 절벽 아래로 바다가 펼쳐졌다. 시
원해서 좋다, 잠깐 생각했지만 내 감상은 그뿐이었다.

나도 차라리 다른 곳에서 나고 자랐다면 얼마나 좋았을까.
그럼 이런 절경을 보면서 실컷 감상에 빠질 수 있었을 텐데.

누군가에게 이 섬은 안식처가 되고, 또 다른 누군가에겐 아
무도 자신을 알아보지 못하는 장소가 필요할 때 은신처가 된
다. 그런데 나에겐? 여기서 일생을 지낸 나한테는 이미 정해
진, 한정된 선택지. 왜 그것밖에 되지 못하는 거지?

"언니는 고등학교 1학년 때 장래 희망이 있었어요?"

바닷바람에 자꾸만 머리칼이 흩날렸다. 멍하게 바다를 보던
혜현 언니가 돌아보았다.

"장래 희망? 있었지."

"그래서 그걸 이뤘어요?"

"응. 어쩌다 보니 내가 자꾸 그 길로 가고 있었어."

"그게 무슨 일인데요?"

실패했다면 묻지 않았을 테지만 성취했다니 궁금해졌다. 언
니가 씩 웃었다.

“너는? 나중에 졸업하면 뭘 하고 싶어?”

“하고 싶은 직업은 모르겠어요. 대학도 성적 맞춰서 갈 거라 그때 생각할 거예요.”

이렇게 신선대에서 바다를 내려다보고 있으니 오래된 기억이 떠올랐다. 내가 처음 신선대를 본 날에도 옅은 해무가 끼었다. 어린 나는 그게 구름인 줄 알고 신기해했다.

“그래도 만약에 여길 떠날 수 있다면…… 아주 멀리까지 가 보고 싶어요.”

어디에서도 꺼내 본 적 없는, 나도 알지 못하던 마음이었다. 떠나고 싶다는 말은 지금 여기가 싫다는 뜻이 된다. 타고난 배경이 불만족스럽고 부족하다는 뜻이 된다. 그 마음과 마주 보기가 싫었다. 인정하는 순간 지금의 내 모습이 초라해질 테니.

그 순간 파도가 절벽을 세게 때렸다. 아주 멀리까지 가고 싶다는 내 말을, 파도가 집어삼킨 것만 같았다.

1

"유지안."

"……."

몇 초 지나서야 알아들었다. 내 이름이구나.

"유지안?"

나를 부르는 목소리가 커졌다. 교실 안 아이들의 시선이 모여들었다.

"야, 일단 좀 나가자."

자리에서 벌떡 일어나 뒷문으로 향했다. 김해민도 말없이 뒤따랐다.

복도 창문을 열었다. 더운 바람이 훅 끼쳤다. "으, 완전 사우나. 날씨 미쳤다!" 내 뒤를 지나던 아이들이 질색했다. 창문을 다시 닫으려는데 손이 불쑥 나타나 턱 막았다.

"그냥 열어 둬."

“아직 6월인데 이렇게 더운 게 말이 되나.”

괜히 투덜거리며 바깥을 내려다보았다. 체육복 차림의 아이들이 나무 그늘마다 옹기종기 모여 있었다.

“오늘 최고 기온이 32도래. 습해서 더 더운 거 같다. 바다 있는 데는 다 그런가?”

더워서인가? 자꾸만 말에서 짜증이 묻어났다. 그걸 느꼈는지 김해민은 나를 가만히 보기만 할 뿐 아무 대꾸가 없었다.

“넌 다른 데서도 살아 봤으니 알 거 아니가. 여기가 유독 덥지 않나?”

“잘 모르겠는데.”

“근데 나 왜 불렀는데.”

“응?”

“두 번이나 불렀잖아.”

“아. 이따 매점 가서 아이스크림 사 달라고.”

“야! 내가 니 아이스크림 사 주는 사람이가?”

“유지안 네가 그랬잖아. 아이스크림 세 번 사겠다고. 이유는 묻지 말라고.”

유지안, 하는 말에 별안간 소름이 돋았다. 집에서는 ‘우리 둘째’ 아니면 ‘안이’. 학교에서는 당연히 유자. 매번 그렇게 불리다 보니 언제부터인가 이름 세 글자로 불리는 것이 어색했다.

“……좀 괜찮냐?”

김해민이 물었다.

“뭐가.”

“알면서 묻긴.”

그때 예비종이 울렸다. 그 소리에 심박이 다시 빨라졌다.

오늘 오전 수학 시간. 칠판 가득한 수식을 보고 있는데 갑자기 그것들이 벌레가 되어 꾸물꾸물 움직일 것만 같았다. 이명이 시작된 순간 숨을 쉬는 방법이 떠오르지 않았다. 들이마셨다가, 내뱉었다가. 그 당연한 행동이 갑자기 막막하게 느껴졌다. 나는 선생님에게 화장실에 다녀오겠다는 말도 못 한 채 기침을 토하며 교실을 뛰쳐나가야 했다. 물론 김해민을 포함한 우리 반 모두가 그 모습을 다 보았다.

숨이 막힐 정도로 날씨가 덥고 습해져서. 아니면 시험 스트레스가 심해져서. 평소였다면 증상이 심해진 이유는 둘 중 하나라고 생각했을 거다. 새로 생긴 고민이 아니었다면.

“니 부산에서도 살아 봤나.”

김해민이 조금 뜬금없다는 눈으로 나를 보았다.

“아니. 왜?”

“그냥.”

“네 친구 때문에?”

이건 또 무슨 소린가, 싶어 잠깐 멈칫했다. 같이 영화 소모임을 만들고 채팅도 하면서 서로 SNS 친구 추가를 해 놓고 ‘네 친구’라니. 그러면서도 부산이라는 말에 바로 수영의 예고 얘기를 떠올린다는 것도 놀랍고.

"아니."

나 어쩌면 부산으로 갈 수도 있거든, 하는 말이 불쑥 나올 것 같았지만 참았다. 그렇게 대화를 끝내고 우리는 교실로 돌아왔다. 고작 창문 반만큼이었지만 바깥 공기를 마시고 온 덕분에 숨이 한결 편안해졌다. 그런데도 가슴속에 무언가 꽉 막힌 느낌은 사라지질 않았다.

급식을 먹고 나오니 언니에게서 문자가 도착했다.

아직 학교제?
이모가 말한 건 생각해 봤나

휴대폰 액정에 가라앉은 운동장 모래를 후 불어 냈다. 친구들과 곧장 매점으로 오는 바람에 김해민에게 아이스크림을 사지 못했다. 설마 교실에서 날 기다리고 있는 건 아니겠지.

아니
당장 갈 것도 아닌데 무슨
그리고 고등학교 전학이 쉬운 줄 아나?
이모도 그냥 하는 얘기일걸

잘 생각해 봐
내가 니라면 무조건 간다

답장하지 않고 화면을 껐다. 운동장 스탠드에 나란히 앉은 지혜와 민아는 아까부터 열변을 토하는 중이었다. 학교 홈페이지에 올라온 공지 때문이었다. 다음 학기부터는 1학년도 등교 시간이 10분 일찍 조정된다는 내용이었다. 원래는 학년이 올라가면 등교 시간이 당겨지는 식이었는데, 갑자기 올해부터는 3학년에 맞춰 통일하겠다고 했다.

"하필 우리 1학년 때. 내년부터 바뀌면 억울하지라도 않지."

"내 말이 그 말이다."

"근데 유자는 어떡해? 버스 시간 애매하지 않나."

"유자 어차피 일찍 오잖아."

"어. 나는 그냥 똑같이 오면 될걸."

버스 배차에 맞추려다 보니 20분 일찍 오지 않으면 40분을 늦게 되는 식이라 미리 올 수밖에 없었다. 내가 큰 반응이 없자 둘은 다시 흥분해선 대화를 이어 갔다.

물론 등교 시간은 나에게도 중요한 문제다. 입학했을 때부터 학년별로 등교 시간이 다른 게 의문이었는데 심지어 그걸 도중에 바꾸다니. 평소라면 아이들 대화에 섞여 같이 열을 올렸겠지만 지금은 그럴 필요가 느껴지지 않았다. 설마 벌써 이 학교에 마음이 뜨기라도 한 건가.

지난 주말, 사촌 오빠의 결혼식이 있었다. 결혼식이 있는 마산까지 거제대교를 건너 통영을 거쳐 가는 루트였다. 시험공부를 핑계로 집에 남을까 했지만 그랬다간 마음이 편하지 않을 것 같았다. 나는 차에 타자마자 헤드셋과 안대를 끼고 잠을 청했다. 일부러 새벽까지 인강을 연달아 보면서 피로를 쌓아 두었다. 그렇게 기절한 듯 자고 일어나니 어느새 결혼식장 근처였다.

지안이 니가 그새 고등학생이 됐나, 지안이는 고등학교에서도 공부 잘하제. 익숙한 얘기를 이어 가는 친척들 사이에서 이모가 우리 엄마에게 말했다. 해외에서 근무하는 이모부는 1년 동안 한국에 들어오는 날이 몇 안 되고, 내 이종사촌인 희주 언니도 이번에 유학을 가면서 방이 비게 됐으니 내가 올라와서 지내는 건 어떻겠냐고.

나는 말도 안 된다고 생각했는데, 엄마는 솔깃하게 받아들였다. 대도시라 공부하기 나을 거고, 부산이면 멀지 않으니까 주말마다 볼 수 있다는 이유였다(물론 가게 영업을 해야 하니 엄마 아빠가 올 수는 없고 내가 번번이 거제로 와야 한다). 이모네 식구들과는 워낙 막역하기도 하고.

아무리 편해도 친척은 가족과는 다르다. 우리 가족은 내가 타지에서 떨어져 지낼 수 있다고 생각하다니, 내 정신력을 과대평가하는 건가? 무엇보다 한 학년이 300명대인 학교에서도 이렇게 밀려났는데, 날고 기는 대도시 아이들과 붙었다간 내 석차는 은하계 바깥으로 날아가 버릴 게 뻔하다. 무리수라는 것을 알면서도 마음 한구석에선 자꾸만 다른 생각이 비죽 튀어나오긴 했다. 어쩌면 나에게도 일종의 돌파구 같은 것이 하나 생겼다는 생각.

어제는 잠들기 전 침대에 누워 한참이나 지도 앱을 구경했다. 이모 아파트를 중심으로 어떤 고등학교와 입시 학원들이 있는지. 걸어서도 다닐 만한 거리인지. 시간 가는 줄 모르고 구경하다 보니 그 일대를 걷고 난 듯한 착각까지 들었다.

그런데 왜 하필 부산일까. 나 모르게 고수영이 가려고 했던, 아직도 갈망하고 있을 그 도시일까. 내가 부산으로 전학 간다고 하면 걔는 뭐라고 하려나.

나도 너만큼이나 매일 보는 이 풍경이 지긋지긋하고 답답했거든, 하고 홀가분하게 뒤돌아 떠나는 모습이 그려졌다. 실제가 될 수 없다는 것을 아는데도 자꾸만 떠올랐다. 실은 그게 내 본심인 걸까? 아주 멀리 떠나고 싶다고 했으면서, 기회가 생겼는데 나는 왜 머뭇거리는 거지?

시간이 어떻게 흐르는지도 모르게 토요일이 되었다. 월요일에서 금요일이 되는 동안 내 영혼은 어디론가 날아가고 껍데기만 남아 학교에 다닌 것 같았다. 붕 뜬 마음과 함께 나도 허공에서 3센티 정도는 떠올라 있는 듯한 느낌. 머릿속이 어수선하고 남의 자리에 잘못 앉아 있는 것처럼 내내 불안했다. 수업 내용도, 같은 반 친구들과의 대화도 머리에 들어오질 않았다.

등교를 재개한 수영은 조퇴하는 횟수도 줄어 며칠 전부터는 마지막 교시까지 다 듣고 나왔다. 하지만 사실은 고수영도 나처럼 텅 빈 마음으로 휘적휘적 학교와 집만 오가는 것일 수도. 이제야 수영의 기분을 조금 알 것 같다니.

마침 우리 학교와 수영의 학교 시험 기간이 겹쳤다. 오늘을 마지막으로 시험이 끝날 때까지 영화 단체 관람은 당분간 중단하기로 했다.

평소라면 하지 않을 말이었다. 고수영은 어떤 반응일까. 혹시 기분 나빠할까? 조금 긴장되는 마음으로 답장을 기다렸다.

잠깐 지켜보다 그래, 하는 답을 보냈다. 수영이 이걸 보자며 드라마 섬네일을 캡처한 사진을 올렸다. 드라마 정보란의 '극본' 옆 이름 두 글자가 익숙했다.

유기견 분실 사건과 배우 학폭 등으로 시끄러웠던 드라마들을 집필한 이서 작가였다. 두 사람과 시간을 맞춰 영상을 재

134

생시키고 휴대폰으로는 작가를 검색해 보았다. 지금 감상하는 단막극이 방송국 극본 공모 당선작이자 작가의 데뷔작이었다. 필모그래피 말고 다른 정보는 나오질 않았다. 신상을 드러내지 않고 활동하는지 사진이 나온 기사도 없었다.

단막극 주인공은 지방의 어느 고등학교로 처음 발령을 받은 기간제 신입 교사였다. 연고도 없는 섬 도시의 작은 학교에 지원한 이유는 하나였다. 자신이 좋아하던 가수가 다닌 학교라는 사실. 주인공은 낯선 도시와 학교에서 그 사람이 남긴 오랜 흔적을 찾아내려고 한다. 컴퓨터 전산이 생기기 전, 수기로 기록했던 도서 대출 내역이나 교지에 실은 글 같은 것들. 누군가 우리 학교에서 저런다면 스토커 아냐? 했을지 모른다. 하지만 드라마 속 세계에선 현실의 상식은 그다지 중요하지 않게 느껴진다. 무엇보다 이 주인공처럼 그게 이미 떠난 누군가의 흔적을 찾는 일이라면 더더욱.

드라마가 끝났다. 수영은 유기견이 나오는 드라마를 봤을 때와 비슷한 얘기를 다시 꺼냈다. '여기서도 사투리를 쓰네. 이 작가 경상도 출신 아냐?'

신비주의 작가인 것 같다는 내 말에 김해민도 호기심을 보였다. 서면 인터뷰도 있을 테고, 함께 일한 감독이나 배우의 말에서 뭐라도 정보를 얻을 수 있으니 이서 작가를 더 찾아보기로 했다. 그렇게 별안간 정보 검색 대회가 벌어진 중에 의외의 사실을 알게 되긴 했다. 두 사람이 함께 드라마 집필을 하고,

이서는 작가의 이름이 아닌 팀명이라는 것.

자정에 가까워졌다. 공연한 짓을 하고 있다는 회의가 잠깐 들었지만 이왕 시작한 거 두 사람보다 먼저 쓸 만한 정보를 찾고 싶었다. 흩어져 있는 정보들을 찾아 읽다 보니 얼굴도, 본명도 알 수 없는 그들에게 묘한 친근감마저 들었다. 그때 김해민의 메시지가 떴다.

수영이 '헐, 너네 아직도 그걸 갖고 있었다고?' 하며 놀랐다. 김해민에게서 다시 돌려받았던 교지를 가방에서 꺼내 펼쳐 보았다.

김해민이 말하는 건 편집부 2학년 이재희가 쓴 소설이었다. 내용 전개는 아예 달랐지만 마지막 장면이 우리가 방금 본 단막극 엔딩과 비슷했다. 졸업식 날, 모두가 떠난 교실. 학교를 졸업하지 못한 채 사라진 친구의 빈 책상에 가득 쌓여 있는 노란색 꽃다발들.

나는 그 책상으로 다가간다. 소리 내어 울고 싶어진다. 선생님의 압박에도 우리의 고집으로 끝내 치우지 않고 남겨 둔 그 애의 책상이다.

소리를 잃은 교실에서 그 애의 자리를 중심으로 샛노란 빛과 향기가 번져 간다.

수십 개의 꽃다발이 그 애의 책상 주변으로 놓여 있다. 졸업을 축하해. 우린 여기서 최선을 다한 거야.

순간 이름 두 개가 떠올랐다. 혜현 언니의 노트 속 한혜와 서욱. 지난번 수영과 함께 본 드라마에 나오는 두 주인공의 이름이었다.

2

이혜현. 이서. 이재희.

세 개의 이름과 그 이름의 주인이 겹칠 수 있는 경우의 수를 헤아려 보았다. 서울에서 일하다 왔다는 혜현 언니가 드라마 작가 이서일 가능성. 소설과 단막극에 비슷한 장면을 쓴 편집부원 이재희와 이서가 동일인일 가능성. 고등학생 이재희가 어른이 되면서 (이유는 모르겠지만) 이혜현으로 개명하고 필명으로는 이서를 사용하는, 다시 말해 세 이름이 모두 같은 사람일 가능성.

마지막 경우는 혜현 언니가 나와 같은 고등학교를 다닌, 거제 출신이라는 뜻이 된다. 나는 왜 자꾸만 혜현 언니에게 이방인이라는 틀을 씌우고 거제와는 연결선을 긋지 않으려고 했을까.

수영은 교지 속 소설을 읽지 않았고, 김해민은 나에게 교지를 구해 달라고 한 사람이 우리 동네 외지인이라는 사실을 알지 못한다. 이서 작가의 정보를 찾으려 함께 고생한 두 사람에게 세 이름의 연관성을 알려 주려다 우선 보류했다. 첫째, 시험이 코앞인데 그런 걸 신경 쓸 때가 아니다. 둘째, 정말 혜현 언니가 드라마 작가 이서라면. 내내 신상을 밝히지 않고 활동하다가 일부러 조용한 시골 동네를 찾았을 작가의 정체를 내가 굳이 나서서 떠벌리는 건 옳지 않다.

그리고 셋째. 모두 다 내 짐작일 뿐, 혜현 언니는 이서 작가나 이재희가 아닐 수도 있다.

이런저런 추측을 하느라 새벽까지 밤을 지새웠더니 결국 늦잠을 자고 말았다. 9시에 주말 보강 수업이 시작하는데, 눈을 떴을 땐 이미 8시가 지나 있었다. 씻고 부랴부랴 나와 엄마에게 화풀이를 해 댔다.

"나 학원 보강 있는 거 말했잖아. 계속 자게 냅두면 어떡하는데."

"깨웠는데 지가 안 일어나 놓고. 아빠한테 태워 달라 해라. 택시 부르든지."

이유는 모르겠으나 요즘 엄마와 아빠는 냉전 상태였다. 저러다가 또 언제 그랬냐는 듯이 풀릴 걸 알기에 나도 그냥 모른 척 지켜보는 중이다.

가게 옆 주차장으로 나왔다. 아빠는 먼지떨이로 차를 닦고 있었다.

"학원 시간 늦었다. 엄마가 아빠한테 태워 달라고 하래."
"얼씨구."

나는 냅다 조수석에 올라탔다. 세차 도구를 트렁크에 실은 아빠가 차에 올라 시동을 걸었다. 단어장을 보고 있는데 휴대 폰 알림이 울렸다. 학원 단톡방 메시지였다. '수학 쌤 개인 사정으로 시간표 변경됨. 오전 자습. 오후 1교시 국어, 2교시 수학 보강.'

"아이, 진짜."
"왜?"
"오전 수업 자습으로 바뀌었대. 그럼 그냥 버스 타고 천천히 갈걸."
"뭘. 아빠랑 드라이브도 하고 좋지."
"그럼 나 농장 가 볼래. 오랜만에."

자습실에 틀어박혀 쾨쾨한 에어컨 바람만 쐴 생각을 하니 홧김에 나온 말이었다. 말만 꺼냈을 뿐인데 벌써 코끝에 새콤한 유자 향이 맴도는 듯했다. 아빠도 군말 없이 방향을 틀었다.

울퉁불퉁한 비포장도로를 지나 농장에 도착했다. 새하얀 꽃을 피운 유자나무들 사이에서 큰아빠와 인부 어른들 모두 바빠 보였다.

큰아빠가 나를 보고 반기더니 사이다에 유자청을 타서 에이드를 만들어 주었다. 시원한 에이드를 한입 가득 들이마셨다. 분명 한 농장에서 난 유자에, 같은 유자청인데 내가 만들면 아무리 해도 이 맛이 나질 않는다.

"지안이 부산에 이모 집 간다매?"

큰아빠가 물었다. 옆에서 아빠가 질색했다.

"안이 엄마가 쓸데없는 소리를 했노. 아직 모른다."

"와? 가면 좋지. 지안이 1등 아이가. 안이 니 거 아들한테 본때를 보여 줘라."

큰아빠가 허허 웃었다. 나도 따라서 웃기만 했다. 그사이에서 우리 아빠만 착잡한 얼굴이었다. 그제야 요 며칠 엄마와 아빠 사이 싸늘한 기류의 원인을 알 수 있었다. 아빠는 내가 부산에 가는 걸 달가워하지 않는구나.

농장에서는 작업이 한창이었다. 내가 거들 게 있는지 묻자 큰엄마는 가만히 있는 게 도와주는 거라며 손을 내저었다. 아빠와 큰아빠도 목장갑을 끼더니 합류하고, 나는 혼자 그늘에 앉아 아무 생각도 하지 않았다. 가만히 숨만 내쉬었다. 천천히, 깊게 숨을 쉬면 내 호흡에 따라 세계의 시간도 느리게 흘러가는 기분이 든다. 숨을 들이마실 때마다 흙냄새와 유자 향이 섞여 들었다.

농장 일을 하는 손놀림이 너무나도 능숙해서, 농장의 어른들은 자기가 어느 타이밍에 무엇을 해야 하는지를 분명히 알고 움직이는 것만 같았다. 이렇게 농장에 올 때마다 농사가 얼마나 치열한 일인지를 알게 된다. 유자나무는 처음 열매를 맺기까지 서너 해가 걸린다고 들었다. 올해 심은 나무에서 첫 수

확을 할 때쯤이면, 나는 어디서 어떤 모습으로 있을까? 결실을 보기는 할까?

농장에서 짧은 시간을 보내고 아빠와 함께 다시 차에 올랐다. 차는 시내 방향으로 나가는 익숙한 도로를 달려갔다. 이대로 멈추지 않고 영영 한길로 가는 모습을 상상해 보았다. 도로가 뚝 끊기고 바다가 나오면 그대로 바다 표면 위를 미끄러지며 나아가는 장면을. 하지만 아무리 상상을 이어 가도 망망대해뿐, 그 끝에 무엇이 있을지 떠오르지 않았다. 난 도대체 어떤 도착지가 보고 싶은 걸까?

"아빠는 내가 부산 가는 거 별로제?"

아빠가 흐음, 하고 조금 뜸을 들였다.

"어차피 대학 가면은 내내 나가서 살 텐데. 그 전까지는 집에 있으면 좋긴 하지."

"나도 어차피 가기 싫었다."

"그래? 왜?"

"몰라. 좀 무섭기도 하고."

"뭐가 무서운데?"

"대도시가 그렇잖아. 사람도 너무 많고, 시끄럽고, 복잡하고."

"안아. 사람 사는 데 다 비슷하다."

거제에서 태어나 줄곧 자란 아빠는 학교를 졸업하면서 취직을 위해 고향을 떠났다. 김해민만큼은 아니겠지만 아빠도 여러 도시에서 지내다가 할머니 요양을 돕기 위해 결혼한 지 얼마 되지 않았을 때 엄마와 함께 이곳으로 와 다시 정착했다. 제빵을 배운 것도, 빵집 창업을 하게 된 것도 모두 하나의 인과로는 설명할 수 없는 일들이라고 했다.

운전 중인 아빠의 옆얼굴을 조금 살피다 물었다.

"근데 내 친구들은 스무 살 되면 다들 거제 떠나고 싶다고 하던데. 엄마랑 아빠는 나갔다가 다시 돌아오는 게 싫진 않았나?"

부모님의 선택을 깎아내리려는 마음은 없었지만 한 번쯤 물어보고 싶던 얘기였다.

"처음엔 그런 것도 있었지. 남들은 다 크고 넓은 데로 가려고 하니까 그게 정답 같고. 그래도 아빠는 엄마랑 여기 와서 새로운 일 시작하면서 얻은 게 훨씬 많다. 삶이 내 예상대로 흘러가지 않을 때가 있는데, 그때 가장 중요한 게 내 인생의 방향키를 놓치지 않는 거다. 그러면 뭐라도 배우고 얻을 수 있지. 내가 어디에 있는지는 상관없이."

"……"

"부산 가고 싶으면 얼마든지 가도 된다. 낯설긴 하겠지만 모르던 삶도 자꾸 겪고 부딪히고 그래야 무서운 것도 줄어들기 마련이니까. 아빠는 안이 니가 크고 좋은 데로만 가면 물론 기쁘지. 그래도 배경보다는 시야가 너른 사람이 되는 게 제일 중요하다고 생각한다."

학원에 도착했다. 자습실 공기는 무거웠다. 무엇부터 해야 할지 막막해 국어를 폈다가, 수학을 폈다가 하면서 시간을 허비했다.

나는 사실 부산에 가고 싶은 건가? 거제를 떠나고 싶나? 내 마음인데 도무지 답이 구해지질 않았다.

슈퍼에 다녀오다가 산책 중인 혜현 언니와 마주쳤다. 언니가 아이스크림을 사 줘서 마을 정자에 앉아 먹고 가기로 했다.

"교지 제가 갖고 있는데. 드릴까요?"

벌써 서너 번은 한 질문이다. 그때마다 혜현 언니는 아 그거, 지금은 바빠서, 다음에, 하면서 둘러대기만 했었다.

"안 봐도 될 것 같아. 구하느라 고생했을 텐데 미안해."

왜 안 봐요? 물어보려다 정류장에 버스가 정차하는 걸 보고 멈칫했다. 버스에서 수영이 내렸다.

이름을 부르면 충분히 들릴 거리다. 하지만 지금은 알은체하고 싶지 않았다. 수영도 폰을 보면서 걷느라 이쪽으로는 눈길도 주지 않았다. 시선을 돌리다 나를 보며 씩 웃는 언니와 눈이 마주쳤다. 혜현 언니가 이서 작가가 맞다면 언니의 중요한 비밀을 아는 건 난데, 반대로 내가 무언가 들킨 기분이다.

언니가 빈 반찬 통을 돌려주겠다고 해서 집까지 따라왔다. 거실 탁자 위로 노트북과 책들이 어지럽게 널려 있었다. 뜬금없는 농사법 책과 제목을 들어 본 옛날 소설, 그리고 드라마 작법 어쩌고 하는 두꺼운 책이었다. 노트북 옆에는 내용이 빽빽한 인쇄물이 쌓여 있었다. 얼핏 보니 교과서에서 본 희곡과 비슷한 형식이었다.

"실은 나 드라마 극본 써. 드라마 작가야."

혜현 언니가 주스 잔을 탁자에 내려놓으며 덧붙였다. 지난번 신선대에서 내가 무슨 일을 하는지 물어봤을 때 대답을 피했던 게 찜찜했다고.

"언니, 이서 작가 맞죠?"

언니가 먼저 드라마 작가라는 사실을 밝히지 않았다면 나도 묻지 않았을 거다. 혜현 언니가 나를 빤히 보았다.

"……어떻게 알았어?"

"노트에서 봤어요. 무슨 구상 노트 같은데, 거기 적혀 있는 이름이 드라마 「너를 만나러」에 나오는 이름이길래."

"아. 하긴 매일같이 집에 오는데 모를 리가 없지."

예상과는 달리 덤덤한 반응이었다. 이렇게 되니 당황스러운 쪽은 나였다. 내가 본 작품의 작가를 실제로 만나는 건 태어나 처음 있는 일이다. 갑자기 심장이 두근거렸다.

나는 바로 며칠 전에 친구들과 이서 작가의 단막극을 봤다고, 어느 부분이 어떻게 좋았고, 배경이 섬 도시인 걸 보고 고수영이 친근감이 든다고 해서(정확히 이렇게 말하지는 않았지만) 작가의 출신지 같은 것들을 찾아보았다는, 당사자가 마냥 반가워할지는 확신할 수 없는 얘기들을 두서없이 늘어놓았다.

"수영이가 이서 작가 되게 궁금해했어요. 전 「너를 만나러」 1화만 보고 시험 기간이라 중단했는데, 고수영은 이틀 만에 다 봤어요."

그래? 하며 언니가 웃었다.

"근데 왜 쉬기로 한 거예요?"

"누가 쉬어?"

"쉬려고 여기 온 거 아니에요?"

"아닌데. 나 어제도 밤새 썼어."

혜현 언니가 노트북 화면을 켰다. 화면에 문서 파일이 떴다. 파일 제목은 '○○리 이야기 1화-15고.'

"15고는 열다섯 번째 고친 버전이라는 뜻이야."

혜현 언니는 인터넷을 아무리 뒤져도 나오지 않을 얘기들을 들려주었다. 팀명 이서는 이혜현과 언니의 동료 서하진의 성을 따서 만든 이름인데, 동료가 갑자기 유학을 가겠다고 해서 다음 작품은 혜현 언니 혼자 쓰는 중이라고 했다.

"걔는 원래 다른 전공이거든. 어쩌다가 같이 쓴 대본이 당선돼서 시작하게 된 거지 평생 이 일 할 생각은 없었을 거야. 망했다고 욕먹는 것도 싫었을 테고."

언니가 먼저 '망드 작가' 얘기를 꺼낼 줄은 몰랐다. 어떻게 반응해야 할지 몰라 화면 속 문서 파일에만 시선을 두었다.

"몰랐어? 찾아보면 기사가 꽤 나올 텐데."

"작가 잘못은 하나도 없던데요."

나도 모르게 발끈하고 말았다. 정작 당사자인 혜현 언니는 그런가, 하고 웃을 뿐이었다.

"그 친구한테는 서운하지 않아요? 저라면 되게 서운할 것 같아요."

"서운하지. 배신감도 들고."

배신감,이라는 말이 콕 박혔다. 아까 길에서 수영을 보고서도 모른 체한 마음. 그 마음에 가장 마땅한 이름을 붙인다면 바로 서운함, 배신감. 그런 것들일 테였다.

그렇다면 그 마음은 어디서 온 거지? 수영이 나한테 예고 시험을 쳤다는 중요한 사실을 말하지 않아서? 아니면 혼자 다른 도시로 떠나려고 해서?

"드라마 흥행이 잘 안 풀리고 욕먹을 때는 그만큼 괴롭진 않았거든. 근데 하진이가 이제 자기는 그만두겠다고 했을 땐 아, 진짜 망하는 건가, 싶었어."

"……그럴 때는 어떻게 해요?"

"응?"

"망했다 싶을 때요. 그땐 어떻게 해야 돼요?"

혜현 언니는 글쎄, 하더니 옆에 앉은 호두의 등을 천천히 쓸었다.

"난 그냥 계속 썼던 것 같아."

"……."

"쓰다 보니 알겠던데? 남들은 저 팀 망했다, 망했다, 그러는데 진짜 망한 건 아니더라고. 내가 대사 한 줄도 못 쓰게 된다면 그땐 정말 자포자기 망한 거겠지. 근데 지금은 그렇지 않거든."

탁자 위 널려 있는 책과 인쇄물을 다시 둘러보았다. 시험 기간이면 초토화되는 내 책상과 별반 다르지 않았다. 우리 언니는 방 상태가 곧 주인의 정신 상태를 보여 주는 거라며 잔소리를 하곤 했지만 빽빽한 플래너와 참고서가 가득 쌓인 책상을 보면 문득 뿌듯하기도 했다. 내가 이 자리에서 노력하고 있다는 증거, 지금 해야 할 일을 하면서 제대로 굴러가고 있다는 증거 같아서.

나는 그동안 내 정체성이나 가치를 이름 앞에 따라붙는 수식어를 통해서만 찾으려고 했다. 근사하고 그럴싸한 수식어를 지키지 못했을 때는 마치 이름이 사라진 것처럼 두려워했다. 그저 유지안으로 자신 있게 서는 방법이 있는데도 그걸 알지 못했다.

"수영이한테도 말해 줘. 내 팬이라며. 얼마나 신기하겠어?"

갑자기 나온 이름에 움찔했다.

"다음에요. 아니면 언니가 얘기해도 돼요."

"왜?"

"그냥요. 언니 얘기잖아요."

가만히 나를 보던 혜현 언니가 말했다.

"그거 알지? 한 번 타이밍을 놓치면 갈수록 말하기 더 힘들어지는 거.”

　주스를 다 마시고 혜현 언니 집에서 나왔다. 이번 시험이 끝나면 이서 작가의 모든 작품을 밤새 몰아 봐야지. 언니와 대화를 하는 동안 속으로 다짐했다.

　물론 그 전에 나에겐 해야 하는 일들이 있었다. 집으로 향하는 발걸음이 자꾸만 빨라졌다.

기말고사까지 일주일도 남지 않았다.

이번 주말에는 시립 도서관에서 공부하기로 했다. 개관 시간에 맞춰 온 탓에 열람실은 아직 널널했다. 칸막이 책상에 자리를 잡고 먼저 와 있던 김해민과 휴게실에서 만났다.

김해민이 자판기에서 음료수를 뽑아 왔다. 그사이 잠깐 화장실에 갔던 수영이 세상 귀찮다는 표정으로 들어섰다. 둘의 시선이 마주치자 수영이 놀란 눈으로 물었다.

"얘, 김해민?"

왜 저런 실없는 농담을 하지, 생각했는데 표정을 보니 정말 헷갈려서 묻는 눈치였다. 그러고 보니 저 둘이 실제로 만나는 건 오늘이 겨우 두 번째다.

"전에 우리 동네에서 봤잖아."

"그땐 안경 끼고 있지 않았나? 왜 인상이 다른 거 같지."

“아닌데.”

김해민이 조금 황당해하며 말했다. 어쨌거나 우리는 휴게실 테이블에 둘러앉아 음료수를 마셨다.

“오는 길에 유자한테 들었는데 니 수학 잘한다며?”

“응. 모르는 거 있으면 물어봐도 됨.”

김해민이 선심 쓰듯 하는 말에 수영이 픽 웃었다.

“유자도 수학 잘한다. 유자는 우리 중학교 전교 1등도 했거든. 과목 1등 말고 전체 1등.”

“아, 언제 적 얘기를 하노.”

“언제 적 얘기라니. 1년도 안 됐는데.”

“암튼 다 마셨으니까 들어가자.”

내가 먼저 일어섰다. 열람실로 돌아와 각자 자리에 앉았다. 수영은 열람실 문이 열릴 때마다 미어캣처럼 목을 바짝 빼고 구경을 하더니 나중엔 이어폰을 끼우고 태블릿을 켰다. 인강을 보는 줄 알았더니 나는 모르는 얼굴들이 나오는 외국 영화였다. 오늘 아침에도 고수영의 집까지 찾아가 둘이 실랑이를 벌였다. 수영이 자기는 이미 내신을 버렸으니 시험공부는 안 해도 된다는 둥 말 같지도 않은 소리를 늘어놓았기 때문이다.

점심 즈음이 되어 우리는 시내 분식집을 찾았다. 지난번 수영과 둘이 왔던 곳이었다.

“가래떡 떡볶이 오랜만에 봐.”

“니 설마, 밀떡 파?”

김해민이 고개를 끄덕였다. 서울에는 밀떡이 더 흔한가? 거긴 밀떡 파가 많으려나? 혼자 생각하다 멈칫했다. 고작 밀떡을 좋아한다는 사소한 취향 하나에도 '서울 출신'이라는 틀을 갖다 붙이는 게 새삼 억지스럽고 이상했다. 반대로 김해민이 내 행동을 두고 거제에서만 살아서 저러나, 하면 정색할 거면서.

"어? 여기 고수영 있다."

김해민이 분식집 벽을 가리켰다.

"여기 유지안도."

"그거 우리 아닌데."

내가 황급히 말했다. 옆에서 수영도 "그래. 동명이인이다." 하고 거들었다. 김해민이 휴대폰을 들더니 벽면 위 검정 네임펜으로 쓴 '고수영♥J', '유지안♥김제욱', '에이세븐 존멋 존잘' 따위의 글귀들을 찍어 댔다. 나는 내가 한때 배우 김제욱을 좋아했다는 사실도 깜빡하고 있었다. 워낙 오래돼서 나랑 고수영도 잊고 지냈는데, 많고 많은 낙서 중에 하필 저걸 발견하다니…….

"좋네."

김해민이 방금 찍은 사진을 들여다보며 말했다. 놀리는 투가 아닌 걸 알면서도 나는 부러 농담으로 대꾸했다.

"다른 도시 어딘가에 김해민 니 흑역사도 남아 있겠지. 방심하지 마라."

"나도 찾고 싶다."

덤덤한 목소리였다. 전에는 도대체 무슨 뜻으로 하는 말인가, 감정을 담고 하는 말이 맞나, 하면서 김해민의 억양이 가끔 햇갈렸는데 어느새 그렇지 않았다.

열람실 마감 시간이 되어서야 짐을 챙겨 나왔다. 겨우 마지막까지 자리를 지켰다는 것만으로도 성취감이 들 때가 있다. 도서관 건물을 나오며 숨을 크게 쉬었다. 습기를 머금은 여름 밤공기 특유의 냄새가 났다.

터미널로 와서 버스를 기다렸다. 수영은 아까부터 혜현 언니 얘기만 쉴 새 없이 재잘대는 중이었다.

"난 그 언니 작가 지망생인 줄 알았는데 이서 작가라니. 다시 생각해도 놀랄 노 자다."

"나는 니가 혜현 언니 대본 쓰는 걸 알았다는 게 더 놀랍다."

"아니, 하루는 호두 보러 갔는데 거실에 커다란 화이트보드가 있는 거야. 집에서 그런 칠판을 쓸 일이 없잖아. 근데 거기에 무슨 수사물에서 보던 것처럼 사람 이름이 여럿 있고, 사이에는 화살표로 이어져 있고. 딱 드라마 검색하면 나오는 인물 관계도처럼 생겼길래, 그거 보고 알았지."

수영은 오랜만에 신나 보였다.

"뭔가를 진심으로 치열하게 하는 사람들은 티가 날 수밖에 없나 봐."

혜현 언니의 노트북을 보면서 했던 생각이었다. 방금까지 조금 흥분해서 떠들던 수영이 잠잠해졌다. 잃어버린 줄도 모르고 있던 뭔가를 발견한 사람처럼, 그 애의 눈빛이 조용히 반짝거렸다.

"어쨌든 신기하다. 다른 데도 아니고 거제에서 이런 일이 생기다니."

내 말에 수영이 "무슨 뜻이야?" 하고 물었다.

"드라마 작가라고 하면 보통 서울에 있을 것 같잖아. TV에 나오는 사람들이 다들 서울에 있는 것처럼. 근데 여기서 만난 것도 신기하고, 이렇게 작은 도시에서 우연이 몇 번이나 겹친 것도 놀라워서."

"그런가? 난 여기라서 이런 일도 생기는 것 같은데."

내 착각일까? 무심한 말투였지만 그 말에서 어떤 오래된 애정 같은 것이 묻어났다. 수영은 여기가 싫어서 떠나려고 했던 게 아닌 걸까? 나는 조금 놀란 눈으로 수영을 바라보았다. 그런 나를 보며 수영이 소리 없이 씩 웃었다. 마침 버스가 승차 구역으로 진입했다.

수학 시험 마지막 장을 풀 때였다. 머리 위에서 웅웅대는 에어컨 소리가 거슬리기 시작하더니 이명이 들려왔다. 구역질이 올라오는 것처럼 입안에서 불쾌한 신맛이 돌았다. 침을 삼킬 때마다 역한 느낌이 심해졌다. 교실에서 토하면 어떡하지, 하는 생각이 들면서 식은땀이 났다.

"거기, 괜찮나?"

감독 선생님이 다가왔다.

"땀을 왜 이렇게 흘리노."

나는 괜찮다는 뜻으로 고개를 끄덕여 보였다. 아직 숨은 제대로 쉬어지니까. 과호흡이 온 건 아니니까. 선생님은 "자, 다들 끝까지 집중. 고개 돌리지 말고." 하며 다시 교단으로 갔다.

마인드 컨트롤이 필요했다. 유지안. 여기는 안전한 우리 반 교실이고, 내가 알기로 우리 학교 천장이 무너진 적은 단 한 번도 없어. 그러니까 제발 좀.

어떻게든 문제를 풀어냈다. 답안지 마킹을 하는데 손이 떨렸다. 아직 시험이 하루 더 남았다니. 울고 싶었다.

종례가 끝나고 바로 도서관으로 향했다. 버스를 기다리는 우리 학교 애들이 너무 많아 그냥 걸어가기로 했다.

"유지안. 노래 들을래?"

"아니."

지금 기분으로는 세상의 모든 소음을 다 지워 버리고만 싶다. 김해민은 대꾸 없이 이어폰을 가방에 집어넣었다. 어쩐지 조금 미안해져 아무 얘기나 꺼냈다.

"우리 언니가 그러는데 저기 원래 바다였대."

"응. 들은 것 같아. 바다를 간척한 거라고."

"바다 위에 사는 느낌은 어떨까. 불안하지 않으려나?"

물론 저렇게 넓은 땅에 물이 차거나 가라앉는 일 같은 건 없겠지만 말이다.

"여기도 바다 위인 건 같잖아."

"야, 섬이랑 매립지랑 같나."

분지 사람한테는 비슷하게 보이려나, 하는 생각이 들려는 찰나 얼른 고개를 내저었다. 문득 김해민이 이 도시에 처음 오게 된 때가 궁금해졌다.

"여긴 다른 친척이나 연고가 있어서 온 거가? 나는 부모님 고향이 거제거든."

"그럼 여기 친척들도 많아?"

"어. 큰아빠 댁도 가깝고. 외삼촌도 여기 산다."

"난 아는 사람은 없어. 부모님도 일 때문에 처음 온 거야."

"적응하기 힘들었겠네."

"그거야 어딜 가든 매번 그랬으니까. 그래도 여기서 꽤 오래 산 거야."

김해민은 아직도 다른 애들 사이에선 전학생으로 불린다. 말투 때문일까? 아무리 봐도 김해민과 이 도시는 어울리지 않았다.

"니가 살았던 도시 중에 제일 남쪽 아니가? 하필 중요한 시기에 제일 멀리 온 거네."

"멀리?"

"니가 태어난 곳에서 말이야. 태어난 건 서울이었다며."

"얼마 안 살았다니까."

"어쨌든."

김해민이 멈춰 섰다.

"왜?"

"그렇게 말하니까 내가 꼭 거기 돌아가야 하는 것처럼 느껴져서."

"응. 맞잖아. 다들 서울로 가는 게 목표잖아."

더 많은 선택지와 가능성이 있는 곳으로 가는 것. 어떻게든 '인서울'의 경계 안으로 비집고 들어가는 것. 다들 그게 목표 아닌가? 우리 같은 입시생이라면 더더욱.

"내가 하고 싶은 게 서울에 있으면 거기로 가겠지. 그래도 난 그것보단 그냥 어딘가에 정착했으면 좋겠어. 어디 한 군데 딱 발붙여서, 안정되게 사는 느낌이 뭔지 알고 싶어."

어딘가에 발붙여 산다는 느낌. 나는 살면서 한순간도 의식해 보지 않은 느낌이었다. 내가 숨을 쉬는 법을 잊어버릴 때가 있듯이, 저것도 누군가에겐 당연한 일이 아닐 수 있구나. 처음 알았다.

"나중에 어른 되면 고향이나 출신이 어디냐고 묻는 사람들을 매번 볼 거잖아. 난 내가 뭐라고 대답하게 될지 모르겠어. 태어난 곳은 너무 어릴 때라 기억도 없고 낯설어서."

"그럼 그냥……."

"응?"

"여기가 고향이라고 해라. 거제에서 왔다고. 내가 토박이로서 승인해 줄게. 그럼 됐지 뭐."

우리는 매립지 옆 길게 뻗은 인도를 계속 걸었다. 바다는 메워지고 없는데도 멀리에서 익숙한 물 냄새가 풍겨 오는 것만 같았다.

수영은 우리보다 하루 일찍 시험이 끝났다. 수업을 마치고 바로 집으로 갔을 줄 알았더니, 도서관 열람실로 찾아왔다. 수영은 다른 말 없이 내 맞은편에 앉아 휴대폰으로 무언가를 한참 검색했다. 그 얼굴이 후련해 보여 다행이었다.

다른 학교들도 시험이 끝났는지 곳곳에 빈자리가 보였다. 기출문제를 풀다가 수학 시험 때 상황이 떠오르면서 가슴이 답답해졌다. 열람실을 둘러보다 김해민과 눈이 마주쳤다. 김해민이 입 모양으로만 무어라 말하더니 열람실을 나갔다. 뭐라고 한 거지? 옆에서 엎드려 자는 수영을 깨워 뒤따랐다.

"야, 어디까지 갈 건데. 우리 편의점 가는 거 아니었나?"

수영이 결국 한마디 했다. 바람을 쐬고 오자길래 도서관을 나와 걷기 시작했는데 어느새 근처 아파트 단지 안이었다. 그렇게 아파트 옆 초등학교에 도착했다.

가로등 불빛으로 환한 운동장에는 동네 주민인 듯한 어른들이 간격을 띄운 채 크게 한 바퀴 돌고 있었다. 일과가 끝나 학생들이 떠난 학교라기보단 동네 공원 분위기라고 해야 할까. 운동장도 우리 중학교보다 더 넓어 보였다. 교문에서 운동장으로 향하는 내리막길을 걷다 김해민이 말했다.

"너희 달리기 잘해?"

"그걸 말이라고 하나. 나 체육은 1등급이다."

수영이 가소롭다는 듯 대꾸했다.

"한 바퀴만 뛰고 들어가자."

"지금?"

제정신인가, 하는 말이 튀어나올 뻔했다.

"응. 꼴등이 아이스크림 사기."

"콜! 난 자신 있다."

시험 때문인지, 둘은 평소보다 살짝 이상해진 것 같았다. 두 사람과 겨우 타협했다. 운동장 한 바퀴가 아니라 이쪽에서 저쪽 끝까지 직선거리를 왕복으로 달리기로. 시험 전날 밤에 별 안간 운동장을 뛰게 된 것도 황당한데 꼴등을 할 순 없었다. 전속력을 다해 달리니 귀에서 붕붕 바람 소리가 났다.

김해민은 5초 늦게 출발했는데도 금방 우리를 앞질렀다. 내가 뒤처지자 수영이 내 손을 붙잡고 달렸다. 운동장 모래 위로 수영과 나의 그림자가 길게 이어졌다. 그렇게 달빛 아래에서 달리다가 이게 뭐 하는 거지, 하는 생각에 웃음이 났다. 내가 웃는 걸 보더니 수영도 소리를 내서 웃기 시작했다. 어느새 골대 앞에 도착했다.

"와. 둘이서 웃으면서 달려오니까 진짜 무서움."

한마디 해 주고 싶었는데 숨이 차서 아무 말도 할 수 없었다. 고수영이 빠르긴 한가 보다. 수영이 이끄는 대로 따라 뛰었더니, 별로 긴 거리도 아닌데 심장이 쿵쿵 뛰었다.

뻥, 하는 소리가 크게 울리고는 축구공이 날아왔다. 멀리서 중학생으로 보이는 무리가 외쳤다.

"누나! 공 좀 차 주세요!"

"쟤네는 형도 있는데 누나한테 차 달라고 하네. 아무래도 내가 더 잘 차게 생겼는갑지?"

수영이 자리를 털고 일어났다. 공을 따라 멀어지는 수영을 보고 있는데 김해민이 말했다.

"한 번 더 뛸래?"

"아니."

"가끔 그렇게 숨이 턱 끝까지 차게 뛰어 봐. 그럼 좀 익숙해지겠지."

천천히 숨을 골랐다. 호흡이 원래대로 돌아오고 있었다. 이러다 터지는 거 아닌가, 싶을 정도로 뛰었던 심장도 마찬가지였다. 생각해 보면 늘 그랬다. 숨 쉬는 방법을 잊어버려 금방 쓰러질 것 같아도, 시험을 망쳐서 인생이 망한 것 같아도, 그 순간을 지나고 나면 크게 달라진 건 없었다. 나는 여전히 유지안이었다.

운동장 하늘을 올려다보았다. 꽤 멀리까지 갔다가 무사히 돌아온 기분이었다.

혜현 언니의 집에 가니 호두가 먼저 나를 반겨 주었다. 시험 공부를 하느라 며칠 못 본 사이 털이 좀 자라 있었다. 역시 강아지는 꼬질꼬질할수록 더 귀엽다.

"이거요. 이제 더는 못 갖고 있어요."

"이게 뭔데?"

언니는 내가 내미는 클리어 파일을 받아 들었다. 그 안에는 편집부원 이재희가 쓴 단편 소설 복사본이 있었다.

마지막 남은 가설. 이혜현과 이재희가 동일인인가, 하는 문제에 대해선 수영과 김해민도 의견이 갈렸다. 김해민은 둘이 친구일 수도 있다고 했고, 수영은 처음엔 헷갈려 하더니 이재희의 소설을 두어 번 더 읽고 나서는 같은 사람이라고 확신했다. 글에서 이서 작가의 냄새가 난다면서.

"이제 보니 「기억의 섬」이랑 대놓고 이어지는 얘기네. 그래서 난 줄 알아본 거지?"

「기억의 섬」은 지난번 단관 모임에서 보았던 이서 작가의 단막극이었다. 나는 단순히 마지막 장면이 비슷하다고만 생각했는데, 수영과 고등학교 졸업 이후 처음 교지를 본다는 언니가 십여 년의 간격을 둔 두 작품 사이에서 어떤 연결 고리를 발견해 낸다는 것이 놀라웠다.

"이사하다가 교지를 잃어버렸거든. 종이에 손으로 써서 냈던 거라 저장해 둔 파일도 따로 없고. 한 번씩 생각나긴 했는데 드라마 쓰면서 이걸 의식한 적은 없었어. 근데 되게 닮았네. 나 이때도 이런 얘기를 좋아했구나."

"그러게요. 좀 신기해요. 아니, 당연한 건가?"

혜현 언니가 쓴 글이 맞다고 하니 언니가 왜 교지 얘기를 꺼내 놓고 막상 읽기를 미뤘는지 의아해하던 마음이 조금 해소되었다. 잘은 모르지만 아마 내가 초등학생 때 쓴 일기장을 굳이 들춰 보지 않는 이유와 비슷하지 않을까.

"이게 내 본질이겠지?"

언니가 파일 끝을 조심스럽게 매만졌다. 본질,이라는 말이 듣기에 생소했다. 살면서 저 단어를 입으로 뱉어 본 기억이 없었다.

"지안아. 너 일기 같은 거 써?"

"일기요? 초딩 이후로 쓴 적 없어요."

"SNS는 하지?"

이번에도 고개를 저었다.

"보아하니 사진도 별로 안 찍을 테고."

내 사진첩엔 직접 찍은 것보다 휴대폰 화면을 캡처한 사진이 더 많다. 그것도 인터넷 검색 페이지나 단톡방 공지 같은 것들이 대부분이다. 수영과 함께 언니를 만날 때도 수영은 쉬지 않고 호두를 찍는데 나는 동네에선 아예 휴대폰을 집에 두고 다닐 때가 많았다. 언니도 그걸 다 보고 있었나 보다.

"이제부터라도 많이 기록하고 모아 둬. 낙서도 좋고. 친구들이랑 주고받은 쪽지들도 좋고."

이서 작가의 단막극 「기억의 섬」에서 주인공은 자신이 좋아하던 사람의 대출 도서 목록을 따라 읽는다. 이번 시험이 끝나자마자 정주행을 마친 미니시리즈 「너를 만나러」의 '너'는 곧 주인공 자신이었다. 자신이 누구인지를 잊지 않는 사람은 길을 헤매더라도 금방 원래 방향으로 돌아올 수 있는 거라고, 누군가 주인공에게 말해 주는 장면이 떠올랐다. 이야기 속 인물들은 어쩔 수 없이 창작자의 어느 부분들을 닮게 된다. 이번에도 혜현 언니는 아마 의도하지 않았겠지만.

이재희가 쓴 글과 이혜현이 이서라는 이름으로 쓴 이야기는 모두 닮아 있다. 그렇게 이름이 바뀌어도 그 사람의 가장 진실한 부분은 어딘가에 각인처럼 남는다. 남들이 하는 말이 아닌, 오랜 시간 꾸준한 애정을 쏟으며 지켜 온 것들에 담겨 그 사람을 설명해 주는 진짜 '본질'이 된다. 그렇다면 나의 본질은 어디에서 찾을 수 있을까?

"스무 살이 되면서 여기 떠날 때, 좀 도망치는 마음이었어. 그때 부모님이 이혼하면서 나랑 엄마만 다른 지역으로 갔지. 어릴 때 아빠가 가족들을 많이 힘들게 했거든. 지금은 연락이 끊겨서, 아빠도 거제를 떠난 것만 알지 어디에 사는지도 몰라. 그렇게 도망치듯 떠나서 곧장 내 이름부터 바꿨어."

덤덤한 얼굴이었다. 살면서 같은 이야기를 종종 꺼내 왔던 것처럼.

"대학에선 처음 만나면 다들 어디서 왔냐고 물어. 막상 들어 봤자 금방 잊어버릴 거면서. 그 질문이 싫어서 사투리도 고치려고 애쓰고 대학 동안엔 여기 한 번도 안 왔어. 아빠랑 마주칠까 봐 무서워서 안 온 것도 있지만, 그냥 이재희로 살던 기억을 버리고 싶었던 것 같아. 그래서 그때 너한테 종원고 나온 것도 얘기 안 했어."

수영이 하던 얘기가 떠올랐다. 수영은 이름을 바꿔서 다른 사람이 된 기분을 느끼고 싶을 만큼 고수영으로 사는 게 버겁고 지겨웠던 걸까?

"그 기억이 버려질 리가 없잖아. 그런데도 잊을 만하면 비슷한 꿈을 꿨어. 수업 시간에 출석을 부르는데 내 이름을 잊어버려서 대답을 못 하고 난처해지기도 하고, 갑자기 내가 있는 공간이 폭삭 가라앉고 무너질 것 같아서 두려워하는 상황도 있었고. 대학 졸업하고 나서 심리 상담을 꽤 오래 받았는데 그때 알았어. 내가 꼭 허공에 발 딛고 사는 사람처럼, 매 순간 불안해하고 있었다고."

"……."

"선생님은 내가 어릴 때 집안 환경이나 아빠의 영향 같은 이유를 들긴 했지만, 난 문득 그런 생각이 들더라. 내가 이재희에서 갑자기 이혜현이 되어 버려서, 19년 치 인생이 한순간에 지워지고 스무 살에서부터 새로 시작해 버려서 이런 불안과 공허를 느끼는 게 아닐까?"

혜현 언니는 드라마를 쓰기 시작하면서, 그 불안과 공허가 자신이 쓰는 이야기의 동력이 된다는 걸 느끼면서 스스로를 받아들이게 됐다고 했다. 불안이 동력이 된다는 말이 명확하게 이해되진 않았지만, 그 말을 하는 언니의 눈빛이 단단해 보여 좋았다.

"더 어릴 때부터 혼자 글을 끄적이긴 했는데 제대로 완결을 지은 건 이 소설이 처음이었어. 엉성하고 미숙해도 이게 내 본질이고 바탕 같아. 여기 있는 동안 내가 서울에서 도망쳐서 온 건가, 망했다는 걸 인정 못 하고 회피하고 있는 건가, 자꾸 의심했는데 이걸 보려고 왔다는 생각이 들어. 고마워."

여름 방학을 앞두고 수영은 오랜 고민을 실천에 옮겼다. 중학생 때부터 길러 치렁치렁하던 긴 머리가 한 시간도 되지 않아 단발 기장인 내 머리카락보다 짧아졌다. 원래는 파마를 할

예정이고 두세 시간은 걸릴 거라길래 태블릿을 챙겨 미용실에 따라왔다. 이서 작가의 드라마를 한참 시청하다가 고개를 들었더니 거울 속에서 수영의 머리카락이 뭉텅뭉텅 잘려 나가고 있었다. 너무 놀라 소리를 지를 뻔했다.

"파마로는 기분 전환이 안 될 것 같더라. 덥기도 하고."

계산을 마치고 나오는 수영은 가뿐해 보였다.

"응. 어울리고 좋다."

우리는 바로 피자집으로 향했다. 내 중간고사 성적을 듣고 우리 언니가 위로 겸 보내 주었던 쿠폰을 오늘에서야 썼다. 목이 훤하게 드러난 채 피자를 먹는 수영이 아직까진 낯설어 자꾸 움찔했다. 그래도 수영의 선택이 반가웠다. 오늘 이렇게 작은 변화를 시도한 것부터 수영은 다시 자기가 하고 싶었던 일들을 점차 해 나가지 않을까?

둘이서 라지 사이즈 피자 한 판을 먹는 동안 수영이 담담히 말했다. 실은 내가 같이 시험공부를 하러 가자고 해서 좋았다고. 아무 일도 없었던 것처럼 대해 줘서 자기도 아무 일 없었다는 듯이 당연하게 기말고사를 치러 갈 수 있었다고.

피자를 먹고 나와서 수영이 나를 어딘가로 데려갔다. 우리 학원에서 그렇게 멀지 않은 건물이었다. 1층에 커다란 문구점이 있길래 거기에 가려나 했더니 수영은 말없이 건물 계단을 올랐다. 3층에 도착하자 온통 하얗게 색칠된 학원이 보였다.

"미술 학원?"

"나 기말 끝나고부터 여기 다닌다."

학원 안으로 들어섰다. 근처 중학교 교복을 입은 아이들이 우리를 힐끗 보더니 금방 하던 일에 몰두했다. 무언가에 열중하는 사람들에게서 뿜어져 나오는 특유의 열기가 공간을 가득 메우고 있었다. 수영이 곧 대회를 앞두고 있다고 설명했다. 이곳의 시계는 학교 시험을 기준으로 돌아가지 않겠구나.

수영이 빈 강의실 문을 열었다. 낯선 냄새가 훅 끼쳤다.

"유자 니가 물어봤잖아. 왜 예고에 가고 싶었냐고."

며칠 전, 나는 수영에게 부산 전학을 고민하다가 보류한 얘기를 털어놓았다. 내가 조금만 용기를 내면 여기서 떠날 수도 있다는 작은 가능성만으로도 느껴지던 묘한 해방감과 그러면서도 대도시에서 만나게 될 온갖 새로운 것들을 떠올리면 금세 쪼그라들던 마음도.

수영은 미술을 본격적으로 배우고 싶었다고 답했다. 당연하다는 표정을 보며 애초에 질문이 잘못되었다는 사실을 깨달았다. 내가 수영에게 묻고 싶던 건 따로 있었다. 넌 왜 여기를 떠나고 싶었어? 학교는 왜 안 나간 거야?

"나를 아는 사람이 아무도 없는 데서 시작하면 뭔가 좀 달라질 것 같아서."

"……."

"새로 시작하는 마음으로 살아 보고 싶었나 봐. 내 실패나 상처 같은 건 모르는 인간들 사이에서."

수영은 미술 도구가 쌓여 있는 서랍장을 보며 말을 이었다.

"처음 예고 떨어졌을 땐 사실 당연하다고 생각했다. 제대로 준비를 한 것도 아니었으니까. 운이 좀 따르면 되지 않으려나? 하고 요행을 바랐던 그게 쪽팔려서, 니랑 중학교 친구들한텐 바로 말 못 했지. 근데 옛날부터 사생 대회 나가면 매번 마주치는 진들중 애가 있었거든. 예고 시험장에서도 걔를 봤는데 나는 떨어지고, 걔는 합격했대. 근데 걔 친구랑 내가 같은 반이 된 거야."

"같은 반? 지금?"

"응. 처음엔 뭐 나랑 상관없지 했는데 미술 수행 평가 때 조짜다가, 그 친구가 나 그림 잘 그린다고. 예고 시험도 치러 갔었다고 얘기하는 바람에 우리 반 애들도 다 알게 되고. 다른 반 예체능 애들까지 몰려와서는 이것저것 묻는데 무슨 피해의식이라도 생긴 건지 뭔지. 그런 것들도 곱게 안 들리고 다 싫더라."

그런 피해의식도 실패한 사람들만 아는 거 아니겠나, 하고 수영이 씁쓸하게 덧붙였다. 수영이 피해의식이라고 부르는 그 마음이 뭔지 나는 알 수 있었다.

잠깐 그려 보았다. 떠올릴 수 있는 가장 오랜 기억부터 함께 했던 수영과 내가 서로의 상처와 실패, 구질구질한 단점 같은 것들을 알지 못한 채 지낸다면. 어느 혼자인 밤, 자책과 비관을 반추하면서 끝없는 좌절로 빠져들 때 그건 아니지, 하고 제동을 걸어 줄 수 없다면. 그렇게 서로가 괴로워한다는 사실도 모른 채 그냥 지나가는 삶은 너무나도 큰 절망과 같다.

"그래도 난 니가 뭘 힘들어하는지도 모르고 사는 건 싫다. 위로를 못 해 주잖아."

울컥해선 말했다. 수영이 "그러니까 말이야." 하면서 씩 웃었다.

"나도 이거 그리다 보니까 알겠더라."

"니가 그린 거라고?"

"응. 완성하면 보여 주려고 했는데."

"이게 완성한 거 아니가?"

"무슨. 여기 채색이 덜 됐잖아."

미술을 잘 알지 못하는 나에겐 이미 근사한 그림이었다. 그림 속에선 파랑 같기도 하고 보라 같기도 한, 동시에 오로라 같기도 하고 깊은 바다 같기도 한 오묘한 빛깔의 배경을 바탕으로 고래가 헤엄치고 있었다.

"유자. 우리 옛날에 아쿠아리움 갔었잖아. 거기서 고래 봤던 거 기억나나."

오래된 기억이다. 아니, 오래되었다기보다 어딘가에 꽁꽁 묻어 놓고 한 번도 들춰내지 않았던 장면. 초등학생 때 소풍으로 간 아쿠아리움. 그 속에서 부유하는 고래를 구경하다 고래의 눈을 보게 되었다. 고래가 눈을 깜빡이기를 기다리면서 한참을 보았다. 무섭도록 고요한 그 시선을 마주하는데 생전 느껴

본 적 없는 낯선 공포가 일었다. 천장까지 이어지는 유리 벽이 산산조각 나고, 해일이 가득 밀고 들어와 내가 그대로 휩쓸려 가는 장면이 머릿속에서 재생되었다.

그때 나는 바닥에 주저앉아 숨을 못 쉬겠다고, 토할 것 같다 며 엉엉 울었다. 선생님과 친구들이 화장실로 데려갔지만 울 음 말고는 아무것도 게워 내질 못했다. 병원에 가서 이것저것 검사를 받았지만 당연하게도 아무런 이상이 없었다. 나조차도 잊고 있던, 혹은 무의식에서 떠올리기를 거부하던 내 공황이 시작된 날을 지금 수영이 말하고 있었다.

나보다 몇 배는 더 큰 몸. 겹겹의 신비한 주름으로 감싸진 눈꺼풀. 어떤 감촉을 지니고 있을지 상상조차 되지 않던 등. 고 래의 어느 부분에 그렇게 압도되었던 건지 지금 떠올려 봐도 알 수 없다. 아니면 나는 그저 고래와 생물들이 단단한 유리 벽을 밀고 나와 자유롭게 유영하는 모습을 보고 싶었던 것일 지도. 벽을 깨고 나간다는 것은 공포가 아닌 해방과 더 가까울 테니.

"완성되면 선물해 줄게."

"그래. 난 어울리는 액자에 끼울래."

"내 그림을 액자에 넣는다고? 완전 영광이네."

수영이 색색의 물감이 가지런히 담긴 상자를 꺼냈다. 아까 부터 궁금하던 생소한 냄새의 정체를 알게 되었다. 물감 냄새 였다. 나는 오늘을 이 냄새로 기억하게 되지 않을까?

잃어버린 줄도 몰랐던 나의 한 조각을 수영이 대신 찾아 준 듯했다. 기억 속에 묻어 놓은 고래를 수영이 꺼내지 않았다면, 아마 나는 영문도 모른 채 계속 큰 벽과 천장을 두려워했을 것이다. 남들이 잊어 주길 바라는 기억도 있지만 다른 사람이 대신, 혹은 함께 지켜 줄 수 있는 기억도 있는 거겠지.

심해 같기도, 오로라 같기도 한 배경을 한참이나 들여다보았다. 그 속에는 내가 마음먹기에 따라 우주 어디든 갈 수 있는 고래가 있었다.

5

이번 학기 마지막 체육 수업이었다.

운동장을 뛰고 남은 시간은 자유 시간이라는 말에 아이들은 시원한 교실로 우르르 돌아갔다. 나는 지혜, 민아와 함께 운동장 스탠드 그늘에 자리를 잡았다. 최근에 같은 학원 아이와 말싸움을 한 일화를 들려주면서 지혜의 목소리가 점점 커졌다. 교실에선 저런 비밀 얘기를 할 수가 없어서 운동장에 남자고 한 거구나. 민아와 나는 미친, 걔 인성 뭔데, 하면서 열심히 맞장구쳤다.

"걔 심지어 해오름이잖아. 난 나오길 잘했다. 같은 동아리였으면 맨날 싸웠을걸."

지혜가 흥분해선 말했다. 나는 운동장 한쪽 농구 코트를 바라보았다. 거기엔 교실로 돌아가지 않은 우리 반 남자애들이 농구를 하고 있었다. 반장이 뭐라고 크게 외치더니 김해민에게 공을 패스했다.

며칠 전, 반장이 우리 반 단톡방에 새로운 봉사 활동 신청 링크를 올렸다. 곧 개장을 앞둔 명사해수욕장에서 해변 정화 작업을 하는 활동이었다. 수영에게도 링크를 공유해서 같이 신청했다.

나와 수영, 김해민 우리 셋은 그날 봉사 활동을 마치면 명사해수욕장에서 시작해 망산 정상까지 이어지는 등산로를 걷기로 했다. 인터넷 검색으로는 '난이도 하'에 해당하는, 왕복 두 시간이 채 걸리지 않는 코스였다. 마침 그날은 오전만 하는 봉사 활동이라 든든히 점심을 먹고 산을 오를 계획이었다. 그 전에 우선 체력을 만들기 위해 수영과 나는 저녁마다 한 시간씩 동네를 산책했다.

처음엔 망산이라는 이름이 반갑지 않았지만 찾아보니 당연하게도 망산의 망은 망할 망자가 아닌 바랄 망이었다. 고려 시대의 근처 백성들이 왜구의 침입을 감시하기 위해 올라 망을 보았다는 망산.

"근데 해오름에 있는 내 친구가 말해 줬는데. 거기 1학년은 방학 안에 자유 주제로 개인 기사 하나씩 써 와야 하거든. 전학생은 주제를 뭐로 정한 줄 아나?"

지혜가 비밀스러운 목소리로 말했다. 나는 조금 알 것 같았지만 내색하지 않았다.

"노자산 있잖아. 거기 갔다 와서 무슨 답사기를 쓴다고 했대.”

지혜의 말에 민아의 입이 벌어졌다.

“나 초딩 때 거기 휴양림 가 봤는데. 그거 말고 다른 게 더 있나?”

“몰라. 노자산 팔색조가 어쩌고 하면서 엄청 진지하게 얘기하더래. 하여간 독특하다.”

“서울엔 돌산이 많지 않나? 그래서 노자산이 신기한가?”

수업 시간에 배울 법한 내용까지 나올 줄이야. 어떻게든 김해민을 이해해 보려는 둘의 대화가 재밌긴 했지만 계속 듣고만 있을 수는 없었다.

“그게 아니라. 그냥 재라서 그렇다.”

“응?”

“김해민이라서 그렇다고.”

“근데 유자 니, 전학생이랑 은근히 친하더라?”

전학생이 아니라 김해민, 하고 고쳐 주려다 좀 과하게 보일 것 같아 그것까진 하지 않았다. 내가 꾸준히 김해민이라고 부르면 다른 아이들에게도 전학생보단 김해민이 더 익숙해지지 않을까?

버스 시간까지는 아직 여유가 있었다. 평일 오전인데도 터미널은 사람들로 북적거렸다. 큰 배낭을 둘러멘 우리 언니 또래 무리가 많아 보였다.

“대학생은 방학이 길어서 좋겠다.”

“나 들으라고 하는 소리가?”

언니가 바나나 우유에 빨대를 꽂아 내밀었다. 나는 대꾸하지 않고 바나나 우유를 마셨다. 입안에 달콤한 맛이 퍼지자 긴장이 조금 가라앉았다.

“근데 아까부터 저 여자애가 니 자꾸 보는데. 아는 애 아니가?”

“어디?”

언니가 말하는 쪽을 보았다. 단번에 알아보았다. 같은 초등학교에 다니다가 3학년 땐가 다른 동네로 전학을 갔던 아이다. 나는 그쪽으로 다가갔다.

“안녕. 현지 맞제? 오랜만이다.”

“안 그래도 나도 엄청 낯익어서 계속 보고 있었다.”

우리는 그동안 잘 지냈는지, 어느 고등학교에 다니는지 하는 것들을 서로 물었다. 대화가 이어지는 와중에도 현지는 계속 어딘가 찜찜한 얼굴이었다.

“있잖아. 미안한데 너무 오랜만에 봐서……. 아, 진짜 미안.”

“나 유자잖아.”

그제야 현지가 “맞다! 유자! 지안이!” 하면서 웃었다. 이름을 바로 떠올리지 못했던 게 미안했는지 현지는 내 손을 꼭 잡고 흔들더니 자기 휴대폰 번호까지 먼저 알려 주었다. 그렇게 나름의 동창회를 하고 언니에게 돌아와 방금 상황을 곱씹어 보다 문득 궁금해졌다.

"언니야도 학교에서 별명 유자였나?"

언니도 나랑 같은 유씨에, 유자 빵집 딸이니까. 전에는 내가 이걸 한 번도 물어본 적 없다는 게 신기하다.

"아니."

"진짜? 그럼 뭔데?"

"니한텐 안 가르쳐 줄 거다."

"치사하다."

언니가 코웃음을 쳤다. 무시하고 휴대폰을 열었다. 아침에 보던 영상 화면이 떴다.

토요일 영화 단관 모임에선 새롭고 소소한 미션을 하나 만들었다. 이서 작가의 기사나 드라마 관련 영상에 선플 달기. 물론 도배를 하거나, 악플러에게 시비가 걸릴 수 있는 과도한 찬양은 금지였다. '최신순'을 클릭하자 익숙한 댓글이 상단으로 올라왔다.

 ↳ 너를 만나러 <- 이거 ㄹㅇ 대존잼 ㅠㅠㅠㅠㅠ

 ↳ 작가님 얼른 신작 내 주세요. 제 소원이에요……

버스 시간이 되어 언니와 함께 부산행 버스에 올랐다. 엄마가 반찬 통으로 꽉꽉 채워 준 가방은 짐칸에 실었다. 오늘 언니와 나는 반찬 사절단에 불과하다.

"야, 유자."

언니가 놀리듯 불렀다.

"니도 나중에 내가 생일에 혼자 있다고 하면 이렇게 반찬이랑 떡 케이크 바리바리 싸서 보내 주고 할 거가."

"그건 언니가 그렇게 해야지. 엄마랑 이모도 엄마가 언니잖아."

"어휴. 말을 말자."

옆자리에 앉은 언니가 좌석을 뒤로 조금 눕히더니 눈을 감았다. 저러면서도 창가 자리를 나에게 양보한 것부터 언니는 어쩔 수 없는 언니다.

버스가 출발했다. 터미널을 떠난 버스는 우리 학교가 있는 동네를 지났다. 휴대폰에서 진동이 울렸다.

출발했지?

응 ㅋㅋ

지금은 연초 지나는 중

부산까지는 금방이다

다리 지나면 공업 단지 같은 거 나올 텐데 거기부터 이미 부산임

어두워지면 그냥 고래 뱃속이라고 생각해 버려, 하고 수영이 덧붙였다. 그게 더 무섭지 않나 싶었지만 어릴 때 애니메이션에서 본 장면이 떠올라 웃음이 났다.

다리 위로 진입했다. 짧은 터널을 몇 번 지났지만 이 정도는 이제 괜찮았다. 나는 창문 밖 바다를 바라보았다. 해가 쏟아지는 바다 표면이 반짝거렸다. 휴대폰을 꺼내 사진으로 찍었다. 많은 것을 기록하고 모아 두라는 이서 작가의 말이 떠올라서였다.

훅, 하는 느낌과 함께 긴 터널이 시작했다. 앞서 온 것과 달리 끝이 보이지 않는 어둡고 먹먹하고 긴 터널이었다. 눈을 감고 상상했다. 여기는 고래 뱃속이다. 내가 생각하기에 따라 우주 어디든 갈 수 있는, 세상에서 하나뿐인 고래. 그만큼 내가 원하는 곳이라면 그게 어디든지 나를 데려다줄 수 있는 고래. 이 고래는 나를 얼마나 근사한 곳으로 데려가 줄까?

눈을 떴다. 나는 여전히 바다 위에 있었다. 태어나 한 번도 길게 떠나 본 적 없는, 나의 섬과 그 바다 위였다.

해저 터널을 벗어난 버스가 도로 위를 매끄럽게 달려갔다. 고래 뱃속을 지나고 나서도 나는 여전히 나였다. 그 당연한 사실이 너무나도 새삼스럽고 또 반가웠다. 내가 나라서, 내가 유지안이라서 다행이었다.

섬의 겨울

재희야

친구들이랑 더 있다가 천천히 들어온나

아빠 금방 나갈 줄 알았는데 안 가네

재희는 휴대폰을 꺼서 패딩 주머니에 집어넣었다. 모래사장 위로 부는 찬 바람에 콧속이 시큰하게 아렸다.

저만치서 한혜와 욱이 종종걸음으로 다가왔다.

"오는 길에 얘가 팔로 쳐서 쏟았다!"

한혜가 욱을 흘겨보며 말했다. 재희가 앞에 놓인 컵라면 뚜껑을 열었다. 라면수프만 뿌려진 채 아직 덜 익은 면이 덩그러니 보였다.

"서욱 니가 저거 먹어라. 니 짠 거 좋아하잖아."

"그래. 나 주든가."

“됐다. 그냥 먹자.”

국물이 반밖에 없는 라면이라도 집에서 먹는 저녁보단 낫겠지. 그렇게 생각하며 재희는 컵라면을 후후 불어 먹었다.

다 먹은 컵라면 용기를 치우려는데 검은 봉지 안에 무언가 있었다.

“그거 불꽃놀이. 가기 전에 하고 가자.”

욱이 말했다.

“불붙여야 하잖아. 라이터 있나.”

“라면 사면서 같이 샀지.”

“방금 산 거 맞나? 나 못 봤는데. 의심스러운데?”

한혜가 놀리듯 말했다. 이제 며칠만 지나면 술도 먹고 흡연도 할 수 있는 나이라는 게 아직도 셋은 실감되지 않았다.

겨울 바다는 영화 속에서나 운치 있게 그려질 뿐 실제는 달랐다. 추워 죽겠다, 투덜대면서도 세 사람은 모래사장에 앉아 바다 위로 어둠이 깔리는 모습을 꽤 오래 지켜보았다.

욱이 스틱 불꽃놀이에 하나씩 차례로 불을 붙였다. 타닥타닥. 불꽃이 듣기 좋은 소리를 내며 타들었다.

스틱을 든 재희가 말했다.

“소원 빌자.”

한 해의 마지막 날도, 새해 첫날도, 셋 중 누구의 생일도 아니었지만 아무도 토를 달지 않았다. 제발 다음 겨울에는 그 사람을 만나지 않게 해 주세요. 재희는 속으로 조용히 빌었다.

세 사람 이전에 바다에 다녀간 사람들이 있었다. 모래사장 위에 누군가 남기고 간 낙서를 보다 한혜가 말했다.

"왜 다들 저런 데 꼭 자기 이름을 적는 걸까."

"기념하는 거지."

"내일만 돼도 지워질 건데? 영원히 남는 것도 아닌데?"

그러게. 재희는 둘의 대화를 들으며 생각했다. 누군가가 존재했다는 흔적은 어디에 남겨야 오래 지속될 수 있을까.

두 달 후 졸업식에는 가지 않을 계획이었다. 한혜 몰래 욱에게는 졸업장과 졸업 앨범을 대신 받아 우편으로 부쳐 달라고 주소를 하나 알려 주었다. 조금 떨어진 동네에 사는 친척의 주소였다. 욱은 한참을 말이 없더니 다른 것은 더 묻지 않고, 알겠다고 고개를 끄덕였다.

사랑하는 것들로부터 인사도 제대로 못 한 채 도망치듯 떠나는 것이 어른이 되는 한 과정인 걸까. 재희는 이런 얄궂은 헤어짐을 계속 겪어야 한다면 차라리 스물이 되는 일을 미뤄 두고 싶다고 생각했다. 이 겨울이 끝나지 않았으면 했다.

친구들과는 더 이상 같은 교복을 입지 않아도 학교 밖에서 만날 수 있었다. 그만큼 이 도시 바깥에서도 얼마든지 볼 수 있을 것이다. 그렇지만 그 만남이 얼마나 이어질 수 있을까. 이 섬에 뿌리 내린 우정이 이곳을 떠나서도 오래 잘 지켜질 수 있을까. 재희는 자신이 없었다.

그 사람은 가족에게 무시당한다고 느껴지면 가족이 소중하게 여기는 것을 망가뜨려 복수했다. 그렇게 자기 힘을 과시하고 상대방을 괴롭혔다. 재희가 친구들에게 받은 편지, 처음 가져 본 휴대폰, 엄마에게 만들어 준 목도리. 그렇게 많은 것들이 한 사람의 손에서 부서지고 사라졌다. 그 와중에도 끝내 건드릴 수 없는 것들이 있었다.

"나 있잖아. 소설 말고 드라마 쓸래."

"언제는 소설이 더 재밌다며?"

"일단 지금은 드라마가 더 좋아."

재희의 말에 한혜가 입을 삐죽였다. 그러면서도 재희가 쓴 이야기를 가장 먼저 읽어 주는 게 한혜였다.

나는 내가 만든 것 중 아무도 훼손시킬 수 없고, 가장 오래 남을 것들에 너희 이름을 담을래. 만약 우리가 멀어지게 되면, 어느 이야기에 너희 이름이 있는 걸 보고 나를 알아보고 또 찾아와 줘. 살면서 정말 무너질 것 같을 때, 정말 그리울 때 딱 한 번 너희 이름을 쓸게.

열아홉 겨울의 바다 앞에서 재희는 그렇게 마음속으로 약속했다.

"불꽃놀이 한 번 더 할래?"

욱이 물었다. 재희와 한혜가 고개를 끄덕였다.

모래사장 위로 세 개의 불빛이 오래도록 반짝였다.

이 소설을 쓰는 동안 여러 일들을 겪었다.

10년 가까이 근무하던 직장에서 퇴사하고, 설레는 마음만을 안고 내가 좋아하는 것들을 만나러 가는 도시인 서울이 다른 이유로 찾는 장소가 되었다. 책을 읽다가도 어떤 단어와 마주치면 더 나아가지 못하고 한참을 거기 멈춰 있어야 했다. 그렇게 내 생활에서 일어나는 크고 작은 변화를 지켜보고 받아들이는 데는 꽤 많은 노력이 필요했던 것 같다.

내가 뭘 했기에 이런 일이 생긴 걸까, 그동안 잘못 살아온 건가, 하는 의문이 한동안 나를 괴롭혔으나 이젠 그렇지 않다. 여전히 내가 통과하고 있는 고통의 원인은 찾지 못했지만 무너지지 않고 버틸 수 있었던 이유는 아주 오래전부터 내 곁을 지켜 준 사람들과 나의 작은 고양이 덕분이다.

오랜 자리를 정리하고 떠나는 길이 쓸쓸하지 않도록 따뜻하게 배웅해 준 임상심리과 동료들. 나의 영원한 슈퍼바이저 남정민 과장님. 언제나 내 앞에 놓인 현실을 왜곡하지 않고 바로 볼 수 있도록 방향을 잡아 주시는 최태진 선생님. 그분들을 떠올리면 임상심리사로서 다시 시작할 날이 두렵거나 막막하지 않다. 내가 우정과 용기에 대한 이야기를 쓸 수 있는 가장 큰 동력인 나의 소중한 친구 찬영, 혜윤 그리고 소연의 이름도 여기 적어 두고 싶다. 소설의 기획 단계부터 살뜰히 살펴 주신 강정윤 편집자님께도 깊은 감사를 전한다. 이야기의 인물과 배경을 두고 보여 주신 애정 덕분에, 나의 청소년기가 머물러 있는 그 섬에서 의미 있고 반짝이는 것을 찾아내는 눈이 생길 수 있었다. 멋진 표지를 그려 주신 오시영 작가님과 귀한 추천의 글로 작품의 의미를 더해 주신 윤단비 감독님, 윤재오 선생님께도 감사드린다.

그리고 우리 엄마, 아빠. 두 분의 고향을 담은 이 소설을 통해 우리 가족에게 정말 정말 사랑한다는 말을 꼭 하고 싶다.

직접 경험했기에 더 깊게 이해할 수 있는 고통이 하나 생겼다는 점은 임상가로서도, 소설가로서도 운이 좋은 일이라고 생각한다. 그렇기에 내가 겪은 시간을 그저 억울하거나 서럽게 받아들이지 않으려고 한다. 내 마음이 가장 약해진 시기에 지안과 혜현을 만나 위안을 얻을 수 있었던 것도 다행이다.

더 잘 쓰고 싶고, 더 많은 것들을 사랑하고 싶다.

2026년 겨울

김지현

책을 덮고 거제도 유자를 찾아보았다. 거제 유자는 남해안의 강한 해풍을 오래 맞아 향이 짙고 껍질이 두껍다. 바람이 거셀수록 유자는 수분을 잃지 않기 위해 껍질을 더 단단하게 키운다고 한다. 자연스레 이름 대신 '유자'라 불리는 유지안이 떠올랐다. 버티며 자라는 존재라는 점에서 어쩌면 인간도 유자와 크게 다르지 않다.

지안은 한 번 버스를 놓치면 사십 분이나 늦게 되는 외진 곳에서 학교를 다닌다. 친구들은 지안의 등교 시간을 걱정하지만, 그래도 배는 안 타는 게 어디냐고 낄낄거리는 애들도 있다. 걸핏하면 비가 내리고 비가 오지 않아도 바닷바람 탓에 공기는 늘 눅눅하다. 새로운 학교에서 전교 1등은 어림도 없는 데다가 이루고 싶은 꿈도 없고, 김해민과는 좀처럼 대화가 이어지지 않으며, 수영에게는 비밀이 늘어 간다.

김지현 작가는 지안뿐 아니라 지안을 둘러싼 인물들의 마음까지 세심하게 들여다본다. 수영도 해민도 혜현도 그리고 지안도 흔들리는 이유는 사실 하나다. 지금과는 다른 '새로운 나'가 되고 싶은 마음. 머리를 자르고, 이름을 바꾸고, 아무도 모르는 곳에서 처음부터 다시 시작하면 조금은 나아질 수 있을 거라 믿는, 누구나 한 번쯤 비밀스럽게 품어 본 그 열망 말이다.

이 소설을 읽다 보면 헤르만 헤세의 『데미안』 속 한 문장이 떠오른다. "새는 알을 깨고 나온다. 알은 세계이다. 태어나려는 자는 하나의 세계를 깨트려야 한다." 나는 이 문장을 이렇게 고쳐 보고 싶다. "유자는 바람을 견딘다. 유자는 작은 세계다. 새롭게 태어나려는 자는 그 바람 속에서 스스로의 껍질을 단단히 다져야 한다."

유지안은 '유자'라는 별명을 싫어할지 몰라도, 나는 유지안을 보면 도리 없이 거제 유자가 떠오른다. 지안의 모습은 성장이 특별한 사건이 아니라 일상을 버티는 일임을 보여 준다. 그렇게 우리는 각자의 자리에서 조금씩 나아간다.

— 윤단비(「남매의 여름밤」 영화감독)

김지현이 그린 세계를 통과하면, 우리는 더 괜찮은 어른이 되고 싶어진다. 아마도 당사자의 눈으로 청소년들을 섬세하게 관찰하기 때문일 것이다. 이 소설을 읽으며 인서울을 꿈꾸었으나 그 욕망이 꺾였던 과거의 나와 마주했다. 동시에 철없던 시절의 실수가 그림자처럼 따라붙어 때때로 여기를 떠나고 싶어 하는 홍천군 내면의 아이들이 떠올랐다. 너무 가까워서 잘 보지 못하는 마음이 있다면, 멀어서 잘 볼 수 있는 마음도 있다. 거제에서 태어나 궁금한 것이 없는 지안(유자)과 평범한 바다를 보며 "반짝이는 것들을 찾아내는" 전학생 해민처럼.

『유자는 없어』에는 자신이 모르는 삶에 대해서 가볍게 위로하는 인물이 나오지 않는다. 대신 각자의 '슬픈 역사'를 간직한 채 함께 이야기의 '모닥불'을 쬔다. 그리하여 마침내 "근사하고 그럴싸한 수식어를 지키지 못했을 때는 마치 이름이 사라진 것처럼 두려워"하던 마음을 고래 뱃속에 넣어 버리고 어두운 터널을 통과한다. 버스 배차 때문에 병원에 다녀오려면 반나절이 꼬박 걸리는 이곳의 청소년들에게, 우리의 '이름과 본질'을 불러 주는 소설이 있다는 기쁜 소식을 전하고 싶다.

— 윤재오(내면고 국어 교사)